SORCEROUS STABBER
ORPHEN

魔術士オーフェンはぐれ旅

Season 4 : The Extra Episode 1

魔王編

秋田禎信
YOSHINOBU AKITA

Orphen
ニューサイト跡地
浅海
原大陸全図

シマス進路
開拓村へ
物資を供給
騎士団基地
キルスタンウッズ
資材輸送基地
開拓方向
スウェーデンボリー
魔術学校
発送基地
ローグタウン
カーロッタ村
ラポワント市
黒の森
アキュミレイション・ポイント
希望街道
（現在封鎖）
市街地
上座区
大統領邸
港区
岬の牙
工業区

登場人物紹介

原大陸を巡る戦いが終わり、世界は束の間の休息へ。
20年の時を経て、懐かしのキャラクターも再登場の物語前にプレイバック

20年前

『キエサルヒマの終端』より

3年前

『約束の地で』より

プルートー

キエサルヒマ大陸史上、
「最高の魔術士の一人」と呼ばれていた。
現在は《牙の塔》の教師。

20年前

『新装版10　我が聖域に開け扉より』

ハーティア・アーレンフォード

《牙の塔》時代、オーフェンと同世代のクラスメイト。
現在はトトカンタ魔術士同盟の代表を務める。

フィンランディー家
クリーオウ・フィンランディ
三姉妹の母。夫と20年前に原大陸へ渡る。
ラチェット・フィンランディ
三姉妹の三女
レキ
フィンランディ家の飼い犬？
エッジ・フィンランディ
三姉妹の次女
ラッツベイン・フィンランディ
三姉妹の長女
オーフェン・フィンランディ
「魔王」と呼ばれる魔術士。元学校長、今は姉妹の父。

SORCEROUS STABBER
ORPHEN

CONTENTS

もうひとりの魔王の周辺を日暮れまでに語る

1

トトカンタ市は昔から、平凡でなにひとつ突出したところのない、つまらない街だった。それは誰にとっても異論のないところである。

商都という呼び名は、陸路ではアレンハタムとマスマテュリア、また海路ではアレンハタムと王都をつなぐ位置にあり、交易の要になっていたことによる。今では地人領マスマテュリアは実質的に消滅し、そんな愛称すら形骸化した。キエサルヒマ西方ではタフレムに次ぐ人口第二の都市であり、戦争で最も深刻な損害を受けた街でもあるが、かつての貴族連盟に最大のダメージを与えたのもこの街だ。騎士軍を壊滅させたという文字通りの意味でもあるし、戦後の賠償として貴族連盟を解体に追い込んだということもある。

今では魔都と呼ぶ者もいる。それはここに魔王が君臨するからだ。

マイル・クルティは六歳の妹を膝に乗せて、かれこれ一時間ほど、控えの間で待たされ続けていた。

なにもしていなかったわけではない。妹のエイミーと向かい合う体勢で、ずっと自分の顔をつまんだり舌を伸ばしたり、顔を変形させ続けていた。ただ、どれだけ目を剥《む》き出し、近くにあった花瓶から引っこ抜いた枝を鼻に刺しても、エイミーは仏頂面のままにこりともしない。瞬きすらしていなかったかもしれない。

「……もしかして、つまんないか？」

とりあえず確認だけしておこうと、問うてみる。

エイミーは無言のまま、そして表情も変えないまま、きっぱりと首を左右に振った。

「そうか」

やめることも許されない。

仕方なく、また変顔を再開するのだが。

「なにやってんだ、お前」

唐突に、待合室に現れた魔術士が訊《き》いてきた。

「あ、パリア」

マイルは顔を上げて、相手の名前を呼んだ。いかにもな生真面目《きまじめ》、十代のくせに似合いもしないスーツ姿――それも、どこから発掘したのかという古臭い灰色のビジネススーツだ――の、がっしりしたスポーツマン型の魔術士である。

妹が膝にいるので立ち上がらず、とりあえず手で挨拶だけして、マイルは説明した。

「いや、なにって。エイミーが暇そうにしてたから」

「エイミーはいつもそうだろ」

と、パリアは無遠慮に言う。彼からは死角だったろうが、マイルは妹が、ムッと下唇を突き出すのを見ていた。別に不思議なことでもないが、エイミーは昔からパリアにはまったく懐かない。

というより、パリアを除いた六人の兄弟全員が、この長兄と仲がいいとは言えない。次男のマイルが一番マシだが、それでもパリアとこんな風に出くわした時、共通の話題として出せそうなトピックは三個くらいしか思いつかなかった。母のこと、天気のこと、そしてこれが一番反応がいいのだが、パリアについての話題だ。

パリアについての話ほどパリアの興味を引けるものはない。というのでマイル以下兄弟は、面倒くさくなるとパリアにはこう訊く癖がついている。

「で、兄さんはなにやってるの？」

「俺は仕事だよ」

答えもだいたい、常に同じだ。ぐっと襟元を正す仕草もセットでついてくる。

ただ今回は、パリアもそれで誤魔化されなかったようだった。

「いや、そんな話じゃないだろ。お前たちがなんでここにいるのかって言ってるんだ」

「そりゃまあ、待たされてるんだよ」

「待つって……誰に会うつもりで来たんだ？」

部屋を見回して、パリアは不可解そうに顔をしかめる。

はあ、とマイルはため息をついた。

「ここはなんの部屋さ。兄さん」

「控えの部屋だろ」

「その扉の向こうは？」

奥の扉を示して訊く。パリアはこれも即答した。

「母さんのオフィスだろ」

「そのさらに奥は？」

「ハーティア・アーレンフォード会長の部屋だ」

その名前に魔力でもあると言いたげに、びしっと背筋を正してみせる。

そんな兄を疑わしげに見やって、マイルは続けた。

「それが分かってるなら、訊く必要ないんじゃないか？」

「お前まさか、会長に会いに来たのか？」

パリアは心底びっくりしたようだった。そして、それだけではない。はっきりと危険信号を察したように、眉を吊《つ》り上げた。

（……これがあるから、さっさと済ませたかったのに）

恨みがましく扉を見やる。本来は、母がいるはずの職場なのだが。

「母さんは知ってるのか?」

「どうだかね。今日は来てないみたいだ。知ってた?」

「そうなのか?」

面食らったような顔をして、パリアは扉をわずかに開けると中をのぞき込んだ。無人を確認してからもどってくる。

「なんでいないんだ」

「さあ。今朝は普通に出勤したはずなんだけどね」

「お前、なんでちゃんと分かってないんだ。無責任だな」

責任を問うなら、無断で欠勤している母のほうなのだろうが。

兄はちらっともそう考えなかったし、言わなかった。実を言えばマイルも、ひいき目に見てもかなり抜けた性格である母についてなにか文句があったとしても、それを非難できたことはない。兄弟それぞれ考え方に違いはあっても、ここだけは七人全員、共通していた——あの戦後の物資難の中、子供たちに衣服と寝床を与え、一度も食事を欠かさなかった母は無罪なのだ。なにがあっても。

トトカンタ魔術士同盟のラシィ・クルティが戦災孤児にかかわるようになったのは戦中からだが、トトカンタ市は戦後もかなり厳しい時期が続いた。荒廃、貧困から捨て子や孤児は絶えず、数年して自身の生活がある程度安定してくると、母は孤児院から養子を迎えるようになった。それがパリアであり、マイルであり、エイミーであり、他四人の兄弟たちだった。エイミーは最年少で、最も過酷だった時代などは知らない歳だが、それでも母にだけは時々、にっこりしてみせることがあるのをマイルは知っている。

ともあれ。

だからといって他にどうしようもなく、マイルは肩をすくめた。

「て言われても、母さんの都合までは知らないよ」

「俺は家を出たんだから、家族のことはお前がちゃんと見てないと駄目だろ」

「見てるって。だからエイミーも連れてきてる」

「そういうことじゃない、ええと、くそっ」

兄は露骨に悪態をついて、なにか言葉を探そうと天井を見上げた。

だがパリアが動揺している理由は、マイルには見当がついていた。実は母のことは無関係だろう。単に、マイルがここにいるということ——そしてその用事が、魔王と会うことだというのが気に入らないのだ。

だから何時間探し回ったところで、兄は自分が納得するような無傷の言葉は見つけられまい。そうと気づかずハズレの箱を探っている兄に、マイルは助け船を出した。

「でも母さんがいないのと関係あるのか、魔王の予定のほうもぐちゃぐちゃみたいで。ここでずっと待ちぼうけなんだよ。もう帰ろうかと思ってた」

だが。

「……お前な」

兄の顔色の変化を見て、突《つつ》かなくていい藪《やぶ》を突いたと察した。

「魔王ってなんだ。ちゃんと、ハーティア・アーレンフォード会長と呼べ」

「ああ、まあ、分かってるけど……」

さっと目を逸《そ》らしたが、逃げ切れなかった。

パリアの真剣な眼差《まなざ》しが迫ってくる。

「母さんの上司なんだぞ。そうでなくても、このトトカンタ魔術士同盟のトップで、戦争の大英雄だ」

「でも魔王って、ほめ言葉じゃない？」

言ってはみたものの、この件についてパリアが譲歩しないのは分かり切っている。

血走った兄の眼光に、マイルは頭を下げた。

「ごめん。みんなが言ってるから流されたんだ」

「そんな連中とは付き合うな」

じゃあこの街にいるほとんどの人間とは付き合えないね、と声には出さずにつぶやきながら、マイルは曖昧に流した。

「じゃあ、帰るよ。エイミーもお腹《なか》すいたろ？」

こくりとうなずく妹を床に下ろして、席を立つ。通り過ぎた背後から兄の声が追いかけてきた。

「家事ならケイトだってもうできる歳だろ。お前はそろそろ仕事を探したらどうだ」

嫌味が別方向から飛んできた。

無視もできず、マイルは肩越しにパリアを見やった。兄も悪気はないのだ……と唱えてから、言い返す。

「家のことを見ろって言ったばっかりだろ。さっき」

「俺の言ってるのはそういうことじゃなくて――」

「ケイトは学校があるんだから昼飯は俺が作るしかないだろ。エイミーが学校に行くようになったら、俺も家を出る準備をするよ」

「もしも」

と、パリアは言いかけて躊躇《ちゅうちょ》した。自分の欲している答えがイエスなのかノーなのか、それを改めて自問したのかもしれない。

「もしも、お前が今日ここに来た用事っていうのが、そういうことなら……」

「違うよ。兄さんには期待させて悪いけど」

あるいは、不安にさせて悪いけど、と胸中で反芻《はんすう》しながら、告げる。

「俺は魔術士同盟では働かない。悪の秘密結社ごっこなんてまっぴらだよ」

「秘密結社ってなんだ。トトカンタ魔術士同盟はまっとうな組織――」

結局また、いらない藪を突いたところで。

ばたん！　と音を立てて控え室の扉が開いた。

奥のオフィスではない。廊下のほうの入り口だ。

その入り口からぞろぞろと三人の魔術士が入室してきた。

ひとりは大男――彼ひとりがいるだけでも部屋が一気に狭く感じられる。なにしろ両腕を広げれば壁の一面を独り占めできそうだという巨躯《きょく》だ。上半身は裸で、服の代わりと言えるのかどうか分からないが、鎖を何重にも巻きつけている。その鎖からして何十キロはありそうという代物だ。

それだけなら普通（？）だが、さらに大男は全身、緑色に塗られていた。身体のみならず顔面も、さらには髪の毛まで染めてある。ぶしゅー、ぶしゅーと大きな呼吸音。口からはよだれ。メイクの緑色がよだれで溶けているのだろうが、床に緑色の染みを作っている。

続けて入ってきたのは対照的な細身の女だ。マイルはもとより、エイミーも思わず食いついて見入ってしまったくらいの爆弾的なグラマー体型で、それを強調するような革製の極細ビキニしか身に着けていない。白い肌、長く艶やかな黒髪の二色のコントラストに、真っ赤な爪と唇――そして顔の上半分は、頭まですっぽりと、鉄仮面で覆われていた。悪魔のような形相の、いかにも恐ろしげな仮面だ。手にした鞭《むち》をぴしり、と鳴らしてマイルの硬直を解いた。

最後は一番ややこしい。見たままを言えば、数本の菜切り包丁をジャグリングしながら玉乗りしている白髪の太ったピエロだ。なお、玉には大きくドクロマークが描いてあり、導火線もあることから爆弾らしく見える。本物かどうかまでは不明だが。

その三人から目を逸らして、兄を見やって。こっそりとマイルは告げた。

「なんだっていうか、こういうことなんだけどさ」

「この人たちは立派な魔術士だぞ」

パリアは断言した。とりあえず一番手近な緑色の大男の前まで行って、指し示す。

「確かにこの〝虐殺巨人〟グランギニオンさんは、言葉は通じないし主食は生肉だが――」

「イヤ……コトバ……ワカル……」

「えっ。まさか、人語を解するんですか？」

心底から仰天したパリアに、グラマー女が高笑いを浴びせた。

「オホホホホホホ！　これはやられたざーますね、グランギニオン！　だから新人とは積極的にコミニュケーションを取っておきなさいと言ったのよ！」

「コミュニケーション……」

ぼそりと緑男が訂正すると、グラマー女はキッと睨《にら》みつけた。

「だまらっちゃい！」

鞭でびしりと大男を打つ。

のだが、巨人はびくともせずにさらに言った。

「ダマラッシャイ……」

「キー！　噛《か》んだだけじゃない！」

その後しばらく、鞭で打ちまくっていたが。

どうにか落ち着いてきてから、グラマー女はパリアに訊《たず》ねた。

「我らが魔王様はおられるかしら？」

「えぇっと」

マイルにしても、パリアに呼び名を訂正する勇気があるかどうかは見ものだったのだが。明らかにパリアは空気を読んだ。

「分かりません。あの、秘書が不在で……」

「ラシィ・クルティがおらぬのは承知である……」

ジャグリングの手は休めないまま（というか、包丁は五本か六本あったので、手を休めたら落とすしかなかったろうが）、甲高いかすれ声でピエロがつぶやく。

えっ、とマイルは声をあげた。

「母になにかあったんですか？」

「ほほう。ワラシよ。その目……顔……声……もしや、ラシィ・クルティの縁者かや？」

ピエロの、ぎょろりとした目を見返して……

マイルはつぶやいた。

「いえ、言いましたよね。母って」

「やはりそうか……わしの目に狂いはない……道化師は嘘《うそ》を語るが、真実を看破するもの……」

ひとりで満足して、ジャグリングを続ける。

ともあれ、マイルは三人を見回して一番話の通じそうな相手を探した。グラマー女だが。すっかり怯《おび》えて足にしがみついたエイミーの頭を撫《な》でながら、訊ねる。

「母がどうしたんです？」

「オホホホホホ、あいにく、それは言えないわね、チャリーボーイ」

「チェリー……」

「あーもう！　あーもうったらもう！」

また指摘したグランギニオンを叩《たた》き始める。

ただやはり効いた様子はなく、グランギニオンは気楽に鼻を掻《か》きながら続けた。

「オレタチ……マオウサマ……アウ……」

声は穏やかだったが、その二つ名――〝虐殺巨人〟?――というのを思い浮かべずにはいられない図体だ。事実、腕を一振りでもすれば部屋中を薙《な》ぎ払えそうではある。

マイルはいったん目を閉じて、深呼吸した。

「いいですか。俺はマイル・クルティ。そこにいるのはパリア・クルティで、これはエイミー・クルティ。ラシィは俺たちの母です。もう一度訊きますが、三度訊いても態度が変わらないなら実力行使しますよ」

「おい、マイル――」

パリアの制止は無視して、続ける。

「母になにかあったんですか?」

「…………」

グラマー女は手にした鞭をゆっくりと傾けながら、言った。

「それは話せないと言ったでしょう、坊や」

その鉄仮面の鼻先に、マイルは飛び膝を食らわせた。

わざわざ頑丈な仮面に先制したのは、不意打ちの負い目があったからだ。思った以上に冷静だった自分に、マイルは多少、嫌気を感じた。倒れたグラマー女の頭を押さえつけ、声を荒らげる。

「言え! さもないと――」

「ワラシよ……手向かう相手を間違えたな……！」

　ピエロの声に、マイルはその場から飛び退《の》いた。

　転がって避けた頭の上を、勢いよく菜切り包丁が飛んでいく。空を切って壁に突き刺さった。

　起き上がる。ピエロがジャグリングしている包丁の数が一本減っていた。ピエロはにたりと笑みをこぼす。

「我らを誰と心得る……魔王様が忠臣、トトカンタ魔術士同盟の守護者なるぞ！」

「若い子の先走り……悪くはなかったわあ」

　と、グラマー女もまずブリッジの体勢をしてから起き上がった。胸を強調したかったのかもしれない。

　床にひざまずいた体勢で、マイルは言った。

「母さんから聞いてる。暴力沙汰にしか使い道のない仮装集団だろ」

「母さんはそんな言い方はしない！」

　パリアがフォローするが、まあ無理がある。確かに母はそのままの言い方はしていなかったが、実際のところもっと身もふたもない呼び方をしていた。

　ずだん！　と大きな音。緑マッチョが床を踏み鳴らして威嚇の唸《うな》り声を発している。

　マイルは低く構えて、状況を見回した。エイミーはパリアの背後に隠れている。パリアが守っているなら少しくらい暴れても大丈夫だろう。三対一。相手の実力にも不足はない。意識を研ぎすましていった。制限なしの実戦は久しぶりだ……

「待て、待て、待て！　なにをやってるんだ！」

制止は、奥の扉から聞こえてきた。

慌てて戸が開く。飛び出してきた男は、ぱっと見、平凡そのものの魔術士だった。手下たちと見比べると余計にそう思える。痩せても太ってもいない、大きくも小さくもない、赤い髪の中年の男。

だが彼を見るなり、怪人たちは三人とも、ざっと退《ひ》いた。グラマー女が胸に手を当て、びしっと姿勢を正す。

「魔王総統閣下！」

「いや、どんな呼び名だよ。会長だよ会長。トトカンタ魔術士同盟代表！」

訂正したのはパリアではなく、その男当人である。

ピエロも姿勢を正したせいで、がしゃがしゃと包丁が床に落ちた。ピエロはそれも構わず、ぐっと感じ入ったように、

「我ら悪夢の地獄の軍勢、反抗する愚か者どもを血と脂の蝋《ろう》細工にして魔王様に献上いたします……」

「いやしなくていいし」

「献上したら思い切って食べたりしてください」

「食べないよ！　変なポテンシャル期待すんのやめてよ。それに、別にそんなに反抗されてないだろ。今週は、新聞に嫌味な川柳が何本か載ってた程度じゃん」

「ウゴッホ、ゴホ！　フンバッハゴッホゴッホ！」

「いいから落ち着いて。人語思い出すまで黙ってていいから」

胸を叩いて叫び出す緑マッチョにも言ってから、はたと、マイルのほうにも気づいたようだった。

魔王ハーティア・アーレンフォードは不思議そうにマイルを見た。

「マイル・クルティ？　なんでここに？」

「あなたが呼び出したんじゃないんですか？」

身を起こしながら、マイルは訊き返した。そう思っていたのだが。

魔王は腕組みして首を傾《かし》げた。

「いや、覚えはないけど……ラシィはどこなんだ？　今日一日の予定もさっぱり不明だ」

そんな仕草を見ればますます、この男がトトカンタを実質支配する魔術士の王であると見定めるのは難しくなった。

無論、だからといって彼にまつわる評判が嘘になるわけでもない――戦争の英雄であ

り、戦乱に乗じて台頭したトトカンタの魔王。タフレムの《牙の塔《きばのとう》》、そして貴族共産会と渡り合う政治的重鎮。そして言うまでもなく当代最強の術者のひとりでもある。

あるいは母の上司であり、母いわく……まあ、もっと身もふたもない呼び方もあるわけだが。

ふと手に触れるものを感じて、見下ろすとエイミーがこちらに駆け寄ってきていた。手を摑《つか》んで後ろに隠れる。

「魔王陛下長官！　その件につき、ご報告がございます……！」

グラマー女が片膝をつき、進言する。

呼び名については訂正が面倒くさくなったのか、魔王は促した。

「報告？」

「このようなものが先ほど届けられました……」

と、胸の間から手紙らしき封書を取り出し（まあ、それが完全に収納できるサイズなのだ）、魔王に差し出す。

ハーティアは疑わしげにそれを受け取って、開けた。マイルの位置から見た限りでは、封筒には宛名もなにもないようだが。

中の便箋に目を落として、魔王の表情が変わる。

「これはいつ？」

「十分前です。玄関先に置かれているのを職員が発見いたしました」

「目撃者は？」

「おりません。なんでしたら、職員を全員拷問すればお望みの回答が得られると愚考いたしますが……」

「やらなくていい」

本気で単なる愚考をとどめて、魔王は手紙を封筒にもどした。

そしてパリアに向き合った。嘆息とともにつぶやく。

「……ラシィ・クルティが誘拐された」

2

整理すると、状況はこうだった。

母、ラシィ・クルティは、トトカンタ魔術士同盟の長ハーティア・アーレンフォードの秘書である。

いつもの朝と同じく、子供たちを学校に送り出してから彼女は職場に向かった。時刻は八時半から九時の間。

しかし彼女は職場に着かなかった。現在、時刻は十二時を少し回ったところ。それまで誰も姿を見ていない。

犯人からと思《おぼ》しき封書が玄関先で見つかったのは十二時前だった。封書を置いた者の目撃者はなし。

クルティ家からこの魔術士同盟のオフィスまでは約一キロメートル。途中、下町の入り組んだ路地などもあり、誘拐されたとすればそのあたりが怪しい。魔術士の身柄を取り押さえ、監禁しているとなると、相手が素人《しろうと》であるとは考えづらい。あるいは……

その先は考えないことにして、マイルは言った。

「警察には？」

「伝えたが、基本的に魔術士のかかわる案件には触れないのが建前だ。それが分かってるからだろうな。犯人も口止めはしてこなかった」

犯人からの手紙を手に、魔王が答えた。テーブルの奥で肘をつき、顔をうつむかせて。

「警察が動かないって、なんでですか」

文句を言ったものの魔王は浮かない顔のまま、

「それだけ、うちが超法規的な存在だからだよ」

「自業自得って意味ですか」

「いや、成り行きがそうさせた。君ね、ぼく個人の裁量で戦争をこなすっていうのがどういうことか想像してごらんよ」

　言い訳でしかないが、他に言いようもないのだろう。マイルは不機嫌なまま、続けて訊いた。

「どうして母が狙われたんですか。ただの秘書でしょう」

「犯人はうちの立場だけじゃなくて、内部事情もよく知っているのかもしれない」

「……ていうと？」

「見て分からないか？」

　と、手を振ってあたりを示した。

　マイルがいるのは、建物内の会議室だった。

　かなり広い。テーブルとイスが並べられ、二、三十人が参加できるようになっている。ただ、きちんと席についているのは魔王とマイル（ただ、膝にエイミーは乗せているが）くらいのものだった。

　あとはどうかというと。例のグランギニオンは人語を思い出せないままウッホウッホとわめいているし、グラマー女は高笑いを続けてついに血痰《けったん》を吐くようになり、ピエロは「世の終わりじゃ！　皆の者、逆さの月に血の贄《にえ》を捧《ささ》げ予言を待て……！」と語りつつ、一抱えほどある筆を使って壁に終末の絵を描いている。

　それだけではなく、ここには魔術士同盟のほとんどの人員が集められていた。黒装束を着たガリガリの男が天井に張り付き、瞳をきらきらさせた縦ロール髪の女がテニスラケットを手に叫び、猿のお面を着けた三つ子が永遠に終わらないじゃんけんを続けている。ローラースケートのホットパンツ女がトレイに載せた大量のハンバーガーを壁に投げつけていると思ったら、よく見たらハンバーガーを模した粘土細工だった。他にもまだまだいるが、きりがない。

全員がトトカンタ魔術士同盟の構成員であり、魔王の手下なのは間違いない。ただはっきり言えば『ラシィ・クルティ誘拐事件対応本部』と銘打たれたこの室内に、まともな人間はほぼいなかった。

それを示して、魔王はゆっくりと断言した。

「唯一まともな彼女がいないと、うちの組織はまったく機能しない」

「かなりやめちまったほうがいいんじゃないですか、こんな組織」

「そんな残酷なこと、思ってても言うもんじゃないよ」

かなり深いため息をついて魔王が言う。

パリアはここにいないのだが、事務のほうでてんやわんやになっているようだ。当然、彼もここに参加することを申し出た――が、魔王にきっぱりと追い払われた。

「君の職分ではない」

という以外の言い訳も、彼はしなかった。心酔するハーティア・アーレンフォードに気圧《けお》されて、パリアも長くはごねられなかったわけだ。

マイルとエイミーは問答無用の構えでこの会議室についていったのだが、こちらについては魔王はなにも言わなかった。

もっとも、本当にただ気づかれなかったから、というわけでもなかったようだった。

魔王は横目でこっそり、声をひそめて言ってきた。

「こんな状況でも通常の業務がなくなるわけではなくてね。率直に言ってぼくの手に余る。とりあえず、臨時で秘書が必要だ」

さらに言い加える。

「君に頼みたいんだ。マイル」

「え？」

マイルはうめいた。

「なんで俺なんですか。パリアがいるでしょう。母さんの補佐として働いてたはずです」

「つい先日、別所に異動させたばかりなんだ」

「理由は？」

訊くと、魔王は肩をすくめた。

「彼は不向きでね」

「なにかしでかしたんですか」

意味深な気配を察してさらに訊ねる。

魔王はわりとすんなり白状した。

「不満をぶちまけに来た貴族共産会の使いに反論した」

「反論しただけ？」

「ぶん殴って鼻を折った」

「……異動で済んだんですか？」

「相手もろくなもんじゃなかった。元派遣警察の……まあ要は、スパイ崩れのごろつきだ」

パリアらしいといえばらしい、失敗ではある。が。

笑いごとでも済まされない。マイルはつぶやいた。

「……犯人はそいつらじゃあ？」

「可能性はある。彼らが街を出たという報告はまだないからね」

魔王はもとより目星はつけていたようだが、断定はしなかった。

「そう簡単に結論づけられない。彼らが命令を受けてやっているのか、独断なのか。さすがに貴族共産会もそう馬鹿じゃない。ラシィの安全のためにも、探ってからじゃないと動けない」

「そっちを手伝わせてください」

身を寄せて言うマイルに、魔王は取り合わず、笑った。

「素人の君に？」

「ここの誰よりもマシですよ」

見れば明らかだ。惨状としか言いようのないこの会議室を指さす。

が、ハーティアは天井を見上げて、

「そうは言っても、給料分は働かせないといけないいんだよ」

曖昧に言うばかりだ。

マイルは席を立った。まずはエイミーを床に下ろしてからだが。

不安なのか、身体をはなしても腕を掴んでくる。ぎゅっとしたエイミーの小さな指が、できる限りの強さで食い込むのを感じながら、マイルは告げた。

「なら、勝手にやります。あなたたちは頼りません」

「そうか。残念」

魔王はそう言って、エイミーに手を振った。エイミーには冷たく睨み返されるだけだが。まったく気にせずにこにこして愛想を振りまいている。

マイルは妹の手を引いて、会議室の狂騒を背に足早に退出した。

3

トトカンタ魔術士同盟という組織の、おおむね知られている印象というのは、まあそういったものだ。別に意外ではない。

魔術士同盟というのは昔からあった。少数弱者であった魔術士たちが寄り集まって互いを守り、次代を教育するという役割がある。それは今でも同じだが、時代を経て魔術士の力が強まると、組織の意味合いは変わっていった。

キエサルヒマにとって衝撃だったのは、王立治安構想が破れ、キムラック教徒が壊滅する中、覇者になると目された魔術士同盟までもが分裂したことだ。戦争中、ハーティア・アーレンフォードはタフレム市の《牙の塔》を離反、トトカンタに極めて戦闘的な魔術士の一団を率いて、トトカンタ魔術士同盟の独立を宣言した。

これは結果として魔術士同盟側の益となった――王都の騎士軍はタフレムとトトカンタに戦力を二分されることになり、最大の被害はトトカンタで被った。タフレム市との決戦に至らなかったのはそのせいだ。

魔王ハーティアはこの功で《牙の塔》に凱旋《がいせん》することもできただろう。が、彼は魔術士組織の単なる要職に就くことよりも、このトトカンタを支配する道を選んだ。

「まあ、期待してたわけじゃないんだ」

マイルはエイミーに語り掛けた。

エイミーは無言だが、こちらを見上げている。無表情の妹に続けた。

「腕っぷしだけの集まりだ。こんなことには一番向かない……大丈夫だよ。兄ちゃんがなんとかする」

やはりなにも言わないが、エイミーがうなずく。

といっても、まずは地味なところから片づけねばならなかった。

「お前、お昼食べるだろ？」

エイミーは首を横に振るが。

とりあえず持ち上げて、お腹のあたりに耳を当てた。

「駄目だ。お腹鳴ってるぞ。飯を抜いたなんて知られたら俺が母さんにぶっ飛ばされる」

とりあえず道に屋台を見つけて、飲み物と魚のフライを買った。エイミーには量が多いので、半分以上はマイルが食べたが。

屋台の親父に、それとない口調で訊ねる。

「このあたりを見回ってるのって、誰かな」

要は、地回りのギャングのことだ。屋台主はもちろん面食らったが、チップさえはずんでもらえば隠すほどのこともないと考えたのだろう。

「リン家のシマだよ。おかげで二十年来、平穏な界隈《かいわい》だ」

意外な答えではない。下町の大半を支配しているのがリン家、つまりＢＢ組だ。

古くから——それこそ戦争前からこの街にあったギャング団だという伝説だった。当時は、バグアップブズ・インというなんの変哲もない宿屋が本拠地だったらしいが、この界隈は戦争で街ごと全焼して今は跡形もない。貴族連盟との戦いで街を守るゲリラという役割もあった。

今でも下町の店舗を訪ねて回っているチンピラの姿は、マイルも見たことがある。だが戦争中に地下に潜ったという組織の本拠地は誰もが知るわけではないし、気楽に話しかけて良いという相手でもない。

「でも、相手が貴族共産会かもしれないとなると……仇敵《きゅうてき》だから、話を聞いてもらえるかもしれない」

屋台から離れて、エイミー相手に話した。エイミーはきょとんとしているが。

別に返事が欲しかったわけでもない。ひとりで続けた。

「話すには、きっかけ作りだよな。どんな相手でもこれは変わらない」

エイミーにはピンとこなかったようなので、言い足す。

「ホント大事なんだぞ。第一印象ってやつをコントロールできないと、お前一生ろくな男捕まえられないからな」

一応、兄らしい忠告というやつをしながら、手を引いて歩き出した。

文具屋に行くほどでもないかと考えて、雑貨屋に寄って世間話をしながら、飴《あめ》を一袋買うついでに紙片とペンを借りた。紙片に一言書いた言葉に、バイトの彼女は面食らったようだったが、マイルは特になんの説明もなくそのまま店をあとにした。

公園に行って、ベンチに座る。妹がずっと、飴のことを気にしているのは分かっていたが、マイルは先手を打って首を振っておいた。

「駄目だぞ。少なくとも三時まで待て。その前にちょっと、兄ちゃんのお手伝いしろ」

と、エイミーにさっきの紙片を持たせ、ベンチの上に立たせた。

その横でマイルは足を組んで、待つ。

通りかかった人々が、ぎょっとした顔を見せるが、ほうっておく。

「結構時間かかるな。やっぱギャングなんて、トロい奴《やつ》らがやるもんなのかな」

退屈してマイルがぼやくと、エイミーもうなずいた。

さらにしばらく待って。

「おうおうおう、兄ちゃん！」

「うわ、分かりやすいの来た」

一応小声で囁《ささや》いて（エイミーには聞こえたようで、やはりうなずいていた）、顔を上げる。

それこそかなり分かりやすいギトついた髪型の男が三人、肩をいからせてベンチを取り囲んでいた。だぶついたシャツにサンダル履き、三人そろって折れた痕のある鼻で顔まで似ている。

中のひとりが進み出てきた。

「真昼間っからなんちゅー商売してけつかるっちゅんだ、アア？」

「公園をご利用の皆様にゃあ刺激が強すぎんだろうがァ！」

「お子さんだって遊んでる時間帯だぞッラァ！」

ガラは悪いが案外倫理的に凄《すご》んでくる。

彼らが睨んでいるのは当然マイルだが、その視線はあまり気にせず受け流して、マイルは妹を見やった。というか、妹に持たせている紙に。

『こども売ります』と書いてある。

マイルはその紙を取り上げて、くしゃっと握りつぶした。

「いや、売ってないですよ。自慢の妹なんで。昨日もトイレでこおろぎに遭遇しても眉ひとつ動かさずつまんで窓から投げてました。えらいぞ」

と、エイミーの頭を撫でる。

それで男たちの態度が変化するのを待った……のだが。

数秒してから顔をしかめ、マイルはうめいた。

「あれ？　最悪のところからいい感じに振る舞うと印象よくなる理論って都市伝説？」

「いや、あるにはあると思うけど……」

気おくれしながらつぶやくギャングに、マイルはひとり納得した。

「そうか。じゃあ印象いいよな。ほら、従え。ヤクザ這《は》いつくばれ」

「しねえよ！　馬鹿にしてんのか！」

「どうかな……馬鹿にはしてるかも」

「真顔で答えてんじゃねえよ！　なんなんだてめえ！」

結局また声を荒らげる三人に、マイルは押さえるように手を広げた。

「まあまあ。用があったんで気を引いただけなんだけど」

「やりようってもんがあんだろが」

「とりあえず、下っ端じゃらち明かないだろうから偉い人の居場所を教えてくれないかな。ほら。九九くらい覚えてる系の人」

「てめえマジ人を怒らせずにゃ話せねえのか！」

「今日の思い出に痛みが残るだろうがオラァ！」

口々にわめく男たちに、マイルは半眼で質問する。

「微妙にドキッとするとこ訊いてくんじゃねえよ、嫌なガキだな！」

「真面目な話、あんたたちとじゃれてる暇はないんだ。今朝、この界隈で母親が誘拐された。犯人は貴族共産会のスパイの可能性が高い」

声のトーンを落として告げると、ギャングらの顔色がさっと変わる。

マイルはそのまま続けた。

「余所者《よそもの》の手出しを防げずに、あんたらはなにをやってた？」

「お前、ラシィ・クルティのとこの子か」

「えっ？」

意外に思ったのは、彼らが名前を把握していたことだが。

個人的な知り合いであるはずはないので、つまりは事件を知っているということになる。考えてみれば警察に伝えているのだから、そこまで不思議なことでもないのだろうが……それでも予想より動きが早かった。

男は背を向けて、手招きするように腕を振った。

「話があるならついてきな」

無言で歩き出す。公園を出たあたりで、ギャングが振り返って言ってきた。なんとはなしにやりにくそうな顔で。

「六八《ロクハチ》が……？」

「……それはついてきていいのか？」

妹のことらしい。マイルは答えた。

「いいもなにも。どこに置いとくんだよ」

会話の流れに一瞬、妹が少し強く手を握ってくるのを察して、マイルは口を尖《とが》らせた。

「ほら。そういうこと言うと不安がるだろ。案内役が無駄口叩くんじゃねえよ」

「お前だってガキ売りますなんて値札持たせてたろ！」

「俺が言うのはいいんだよ。ンなことしないの知ってんだから」

ということで、連れて歩く。

トトカンタの街は戦争でかなり変わった、という。

もちろんマイルは以前の街など知らないが。それでもこのなにごともない平凡さの空気は、太古から続くものではないかと感じられた。鬱屈と感じる者もいるし、安心と言う者もいる。マイルはそのどちらでもなかった。見分けがつかなかった。気分によって変わるのでもない。それは物事の両面性などというものではまったくなく、ただ同じことにしか思えなかった。

（コーヒーとクソの臭いが同じだっていうのと……いや、そういうのでもないか）

自分でもよく分からない。

ふと見やると、エイミーが睨み上げてきていたので、ばつが悪く言い返す。

「やめろ。心とか読むなよ」

別に本当に心がのぞけるわけでもないのだろうが、エイミーはこんなところがある。上の妹に言わせると、マイルは下品なことを考えているのが顔に出るからだそうだが。マイルに言わせれば、仮にそうだとしても、考えてるだけなんだから大きなお世話だろ、なのだが……女兄弟というのはどうしてか、男を矯正したがる。

ともあれ。

連れていかれた先は、バーだった。

昼だがもう開いていた。古く、狭い店だ。入り口からの様子では、マイルと妹を入れて五人が入っていけば身動きも取れないのではないか。だが入っていったギャングはカウンターの横を通って、店の奥に向かっていった。勝手口に見える扉からマイルを手招きしてくる。

「こっちだ」

どうやら、隣の建物とつながっているらしい。

隣は喫茶店かなにかのようだったが、そちらの入り口からはつながっていない、秘密のスペースらしい。そこも広くはなく、地下への梯子《はしご》があるだけだった。彼らはそれを下りていく。

下から、ギャングが言ってきた。

「おい。女の子を下ろせよ。受け取る」

だがマイルは断った。

「いいよ。俺が連れてく」

エイミーを首に摑まらせて、梯子を下りる。

そこは通路だったが、上のバーなどよりよほど内装が豪華だった。窓こそないが、それなりの館がそのまま地下に埋まっているという気配だ。

応接間を抜けてさらに奥へと通された。一番奥まった場所と思しき部屋に、先にギャングが入る。中の主にマイルのことを説明しているのだろう。数分後、扉が開いた。

オフィス風の造りだが、中央あたりにはピアノやビリヤード台が置いてあって半分プレイルームのようでもある。

ギャングはマイルたちを入れた後、わきにどいて入り口に控えた。部屋の奥から背の高い、痩せた男が立ち上がる……目まで細い、酷薄な印象のいかにも幹部然とした男だった。彼が口を開くのが遅れたので、マイルはつぶやいた。

「ピアノ」

「ん？」

開口一番としては予想外だったのか。男が首を傾げる。

マイルはそのまま続けた。

「さすがにどうやって部屋に入れたんだ。窓ないのに」

「知りたいのはそれかね？　わたしに質問できる時間が無限にあると思い込んでるな？」

問いには答えず、彼はピアノにもたれかかった。

首を振って、マイルは告げる。

「暇をしてるわけじゃない。無駄足踏ませるために連れてきたんなら、ここは叩き潰すぞ」

「君は魔術士か？　ラシィ・クルティの家族に実子はいないと聞いているが」

「兄弟には魔術士もいるし、そうでないのもいる」

「中にひとりだけ、とびぬけて強力なのがいる……という噂《うわさ》だ」

「なら、パリアだろ。魔王の手下になりたがってる」

「ふむ……」

男は納得したのかしないのか。曖昧に息をついた。

間をあけて言ってくる。世間話のように。

「ここはタフレムではない。トトカンタの魔王のやりようというのは、実に突飛というか……融通無碍《ゆうずうむげ》だ。《牙の塔》のように訓練施設も持たず、魔術士の能力評価が流出しないから、戦力も把握しづらい」

「中を覗《のぞ》きゃ分かる。役に立たない奇人の集まりだろ」

「もちろんその通りだ。伝説のブラディ・バースが何人もいるわけはない。だがその奇抜さが、戦力としては大差あるはずの《牙の塔》をも牽制《けんせい》している」

「なんの話をしてるんだ。本題を——」

「とっくに本題だよ。ラシィ・クルティなどと凡庸な魔術士をかどわかすメリットについてだ」

「…………」

言葉を呑《の》む。

マイルが黙ったのを確認して、男は続けた。

「案外、彼女の持つ情報はトトカンタ魔術士同盟の急所かもしれないんだ。となると誘拐したがるのは《牙の塔》ということも」

「犯人が何者かなんて興味ない。居場所を知りたいだけだ」

「本当に？　大いに興味を持つべきだと思うね。狂言という可能性もある」

彼は、演出じみた間をまたあけた。

「これほど手際よく誘拐したわりに、魔王のもとに届いたという脅迫状は随分と不明瞭なようだ。同盟は身代金の準備に動いたとも聞かないし、君の言う〝奇人の集まり〟を街に放って無様に騒いでいるからね。誘拐の専門犯罪者であれば、交渉相手を慌てさせるのはいかにも不手際だ。しかしラシィ・クルティが、たとえば《牙の塔》に情報を売るため芝居を打っているのだとすれば、こんなやり方もあり得そうじゃないか」

「それを調べたくて俺たちを通したのか」

マイルは入り口の手下を一瞥《いちべつ》した。彼も思ったほど馬鹿でもなかったわけだ。

幹部のほうへと向き直る。

「仮にそうだとしたら、あんたらになんの意味がある」

「沽券《こけん》は保たれるし、真相を突き止めるのは魔王への貸しになる」

「なら、あて外れだ。母さんはそんなことはしない」

「それをどうやってわたしに信じさせる?」

「知るか。お前らがなんにも知らないのが分かったから、出ていくだけだ」

回れ右して出ていこうとする。

当然、入り口の手下は前に出て身構えるが――マイルが足を止めたのは、別の気配のせいだった。背後の、幹部のほうだ。

妹が踏みとどまり、腕を引っ張っている。見下ろすと彼女は幹部の男を指さしていた。

マイルも見やると、男は懐から出した拳銃をこちらに向けていた。

「子供相手に見せるものではないが……魔術士というのでは仕方ない、な」

「地元の人間に銃を向けるのは、ヤクザ組織にはいかにも不手際なんじゃないか」

「撃たなければ許容範囲だ。だから、撃たせないで欲しいな」

知るか、とまた口の中で繰り返すのだが。

エイミーがいるのではそうそう無茶もできない。手下が近づいてくるのを待った。取り押さえるつもりで来るのだろうが、逆に捕まえれば……術の発動に必要な時間さえ稼げれば、拳銃も脅威ではない……

が。その待っている間にまったく予想していなかった変化が訪れた。

ぼとりと。透明な粘液が、幹部の男の手に落ちてきた。拳銃を持つ手だ。面食らった様子で、彼は銃を持ちなおそうとしたのだろう。しかし指を滑らせて床に落とした。拾い上げようとしたがまた摑めない——どうやら粘液というのが、異様に滑るようだ。

呆気《あっけ》に取られたのは手下もだし、マイルもだった。エイミーだけが落ち着いていたのだろう。つないでいた手をぱっと離した。普通、エイミーから手を離すことはほとんどない。例外は、つまり、「やれ」という時だ。

ほとんど反射的にマイルは飛び出して、手下の鳩尾《みぞおち》を蹴り上げた。悶絶《もんぜつ》する相手を残して反転し、幹部のほうに駆けもどる。彼はもう銃を拾うことはあきらめ、懐から別の武器を取り出そうとしていた。

最悪の武器だった。男はそれを口元に当て、一気に吹いた。笛だ。

甲高い音が響き、部屋の外が騒がしくなる。扉が開いて、控えていたギャングふたりが飛び込んできた。

判断に迷いが生じる。幹部の男は放置すれば、滑る銃をうまく拾う方法を思いつくかもしれない（例えば、まあ、ハンカチとかだ）。だが部屋に突入してきた手下たちは、あと数歩でエイミーに手が届く。

（しまった……！）

状況にではなく、躊躇してしまったことに毒づいた。戸惑いさえしなければ少なくとも問題の片方だけは処理できたろうし、その後のことはあとで考えればいい。だが手が止まればどちらも対応できない。

（師匠に怒られる、な……）

そんな独りごとだけは止《とど》まることなく頭に浮かんだ。

あと、状況もだ。無慈悲に進んでいく。

未来まで見えた気がした。こんな時に思い浮かぶのは予想の中でも最悪の事態だ。エイミーを助けにもどろうとしたところで、背後から撃ち殺される。きっとエイミーは泣くだろう。まったく最悪だ。

が。

銃声は聞こえなかった。代わりに幹部男の、悲痛な絶叫が響き渡った。

マイルの背後で起こった出来事を見て、だろう。手下たちがぎょっとしたように立ち止まった。マイルもようやくエイミーのところに駆けもどってから振り返った。妹は平然としていたが、やはりマイルの後ろを眺めている。

見やると、ギャングの幹部の頭部から髪が分離していた。

つまりは（というのか、なんなのか）、頭髪が外れて宙に浮いていた。天井近くに浮遊するカツラを見上げて、男は絶叫を続けている。ただ、明らかに困っているのは手下たちのようだった。なにも言えず、助けに回ることもできず、その場に硬直している。気づかないふりをすべきという、恐らく常時身体に染みついていたのであろう脊髄反射が彼らの判断力を奪っていた。

カツラは自然と浮遊しているわけではない。よく見ると、天井に穴が開いていた。そこから、ぬっと人間の上半身が逆さまに乗り出してきた。全身を黒い包帯でぐるぐる巻きにして、片目と前髪だけを隙間から見せているという、そんな格好の男だ。病的なまでに痩せ細っていた。

見覚えがあった。というより、さきほど魔王の会議室で見かけた。トトカンタ魔術士同盟の魔術士だ。

直前の、幹部の手から拳銃を落としたあの妙な液もこの魔術士の仕業だろうか。天井からぶら下がったまま、哄笑《こうしょう》を始める。

「クハハハハ……銃などに後れを取るのは二流の術者。拳銃には致命的な欠陥がある。

即《すなわ》ち！　道具ゆえに単純！　単純ゆえにちょっとしたハプニングで無力と堕す！」

「いや、そこ関係あるかな……」

エイミーを抱きかかえていったん避難しながら、とりあえず他に言ってやれる者もいないようなのでマイルがつぶやいた。

しかし魔術士は聞いた様子もなくひとりで続けた。腕組みし、自信たっぷりに。

「その対義となるのがなにか分かるか！　道具の対義とは芸術！　アートとは奥深さ！　無限の応用は道具を呑み込む！　銃は魔術に勝てぬのだ！」

「理屈は分からないでもないけど、魔術の勝利って誰も思ってないんじゃないかな」

まだ叫んでいる幹部を見ながら、マイルはうめいた。

声を聞きつけて、さらに手下が部屋に入ってこようとしていたが、扉に体当たりしてそれを食い止めたのは、既に部屋にいた手下ふたりである。

「入るな！　入るんじゃない！」

「なんだ！　中でなにが起こっている！」

「断じてなにも起こっていない！　来るな！　犠牲は俺たちだけでいい！　コードブラック！　コードブラック！」

ようやく、魔術士が反応した。包帯の下から不機嫌そうに反論してくる。

「なにを？　地上からここまで無音で穴を掘って潜入したこの手並みが、魔術以外のなんだというのだ！」

「まあ、そうなんだろうけど……」

「貴殿も脱出したくば、この〝漆黒の封印魔星〟キモツについてくるがいい。ついてこられるのならば……な！」

そのまま、穴の奥に引っ込んでいく。

それを見上げて、マイルは頭を掻いた。穴はかなり細く、あのキモツとやらひとりでもぎりぎりだったろう。エイミーを抱えてマイルが通るのは無理だ。落ちるのと違って上るには、身体が通る以上のスペースがいる。

幸いにも、ギャングたちはもはやこちらのことなど気にもしなくなっているようだった。嘆息してマイルは腕を天井に向けた。だいたいの見当をつけて……

「光よ！」

光熱波が天井を撃ち抜く。

出力が足りたとしても、上を崩せば生き埋めになるだけだったろう。が、マイルの術はそのまま地上まで貫通した。

というより、もともとあった地上への通路の隠し蓋を吹き飛ばした。こちらはかなり広さに余裕もある。エイミーを抱えて、マイルは呪文を続けた。浮揚して通路を上っていく。

地上に出ると、そこはちょうどバーの中だった。下から床をぶち抜かれたマスターが、大口を開けてぽかんとしている。

それをほっといて、店を出た。店の前、少し離れたところに穴が開いていて、そこからさっきのキモツが上半身を出している。

顔は隠れているものの、やはり驚いたような目の色だった。悠々と出てきたマイルを見上げ、つぶやく。

「なにゆえ……？」

わざわざ穴まで掘って潜ったのに、隠し通路の存在には気づいていなかったようだ。もっとも、こっそり入り込むにはバーから降りるわけにもいかなかったろうが。

マイルは答えを告げた。

「ピアノや家具を下ろした通路があるはずだろ。考えれば」

そのまま通り過ぎようとすると、キモツが穴から這い出し、追いかけてくる。

「待てい貴様！　どうやらただ者ではないな……」

うねうねと妙な構えで威嚇してくるキモツを、マイルは半眼で見返した。

「ただ者だよ。こんななんにもない、退屈な街のさ」

「しかしあの威力を躊躇なしに撃つには、戦闘訓練を受けていなければ――」

「うるっさいな。少し私塾に通ったんだよ。魔術士なら当たり前だろ」

手を振って、ついでにそろそろエイミーを下ろそうと思ったのだが。なんとなくだっこが気に入ってしまったらしい妹が首をはなしてくれなかったので、諦めてしばらく抱えていくことにした。

と、ふと気づいて質問を返す。

「それより、あんたはなんで現れたんだ。妙にいいタイミングで」

「いいも悪いもない。拙者はあの連中が余計なことをしないよう、見張っておったのだ」

「……魔王の命令で？」

「当たり前だ。殿の他に誰が我らを従える」

呼び方を正すこともなく、きっぱりとキモツはうなずいてみせる。

「…………」

マイルが釈然としなかったのは……

(なんにもしてないと思ってたのに、俺より先回りしてたんだな)

実はまったくの間抜けでもないのか――もしくはどのみちなんの進展も得られなかったのだから、自分こそ彼らと同等の間抜けなのか。

ともあれ。

「危ないところを助けてもらった。ありがとう……ございます」

キモツはそれこそ、どうでもいいという態度だった。

「拙者はこれより、報告にもどる。貴殿はまだ、ひとりで探索するつもりか？」

「ひとりじゃない」

首から垂れ下がった妹をちらと見やって、否定する。

もっとも、意味のない反論だったとは自分でも思ったが。

キモツはやはり気にせず、壁から屋根に駆け上がって姿を消した。

路地裏にふたり、残される。

妹と見つめ合って、マイルは言い訳した。

「ごめん。もうちょっと時間かかりそうだ」

エイミーは許すとも許さないとも言わなかったが、どうにか手の届く範囲で、顔面を撫でてくれた。

4

「あとは地道に聞き込むしかない……と思ったんだけどな」

路地を歩きながら、マイルはつぶやいた。妹に説明、というよりやはり言い訳のようなものだったが。

足早に道を抜け、曲がり角で先をうかがう。ひとけがないのを確認してから——あるいは、普通のひとけがあると分かってからでないと進めない。

「ギャングを怒らせたのはよくなかったな。下町はほとんどあいつらの縄張りだし……」

BB組はマイルを探しているようだった。まだ母親のことを確認したいのか、単に怒っているだけなのかは分からないが。

次の角では不穏なものを察して、別の道を選んだ。犯行現場を特定するため聞き込みをしたかったが、ギャングがうろつき回っているのではそうもいかない。この状態では店や住人がマイルの味方をしてくれる見込みもなかった。

エイミーが今日食べた飴は三個目で、これは本来の取り決めを超えている。のだが、三個目を口に入れてもエイミーの目から不安が取れない。ぐずぐずと鼻をこすり始めたエイミーに、マイルは声を張った。

「……大丈夫だって！　あてがないわけじゃないし」

分かりやすく胸を叩いて請け合ったが、真っ先にあてにしなかったのにも理由がある。

下町には変わりないが、古びてあまり人の寄り付かない区画がある。完全な無人ではないので取り壊されもしない。戦争で瓦礫《がれき》となった地域は再開発されて人が集まったため、むしろ被害を受けなかった街に空洞化が起こった。

　空き家が増えたために路上生活者が集まり、それがまた人を遠ざけた。今はそうした路上生活者すら減って、破られた扉や壁の落書きなどが痕跡になっているだけだ。

　飴を食べ終わったエイミーが腕を引っ張ってきたので、マイルは答えた。

「ん？　ああ、師匠のところに来るの、エイミーは初めてだよな」

　もしかしたら妹はまた飴をねだっただけだったかもしれないが。

　それには気づかなかったふりをしてマイルは続けた。

「他の連中には内緒にしといてくれよ。めんどくさそうだから」

　その界隈に、空き家になった大きめの邸宅がある。

　下町にはそぐわない。元はギャングの屋敷かなにかだったのだろうか。もはや空き家というより廃屋に近いが。崩れた門を乗り越えて、マイルとエイミーは庭に入っていった。

　庭も草が伸び放題になり、どこかから腐った水の臭いがするのだが、泉だかプールだかがどこにあるのかも分からない。茂った雑草の向こうに屋根が見えていた。崩れてはいないが、ひびが割れた板の間から時おり鳥が出入りしている。巣でもあるのだろう。

　草には踏み跡があり、人が通れる通路になっている。まあ、獣道だ。エイミーの足をかぶれさせないよう、ソックスをしっかり伸ばしてやってから、マイルはそこを進んでいった。

「まず、いるかどうか分からないんだよな。来ると大概いるけど……え？　ああ、そうだな。仕事とかはしてないいんじゃないかな」

実際にエイミーに訊かれたわけではないのだが、そんな気がしたので答える。

「頼って助けになったこともほとんどないんだけどさ。変態だし。ただ、魔術の腕だけはずば抜けてる。お前にゃよく分かんないだろうけど……」

トトカンタには魔術の訓練を受けられる私塾がいくつかある。

タフレムなどと違うのは、トトカンタ魔術士同盟がそうした教室の運営と関係を断っていることだ。これは魔王の方針であるらしい。魔術士の訓練が、そのまま機関での採用に結びつくのを嫌ったとか。組織が肥大化するのを避けるためという建前だったが、要は、伸び悩んだ者の世話までしたくないということだろうとマイルは解釈していた。

ともあれパリアと同様、マイルも魔術士の私塾に通っていたが、どうも性に合わず、さぼりがちになっていった。街で時間を潰すにしても金があるわけでもなく、最終的にこの地域の探検に行き着いた。十歳くらいのことだったか。

学校は合わなかったが、最低限の基礎制御だけは身に着けておかないと、魔術士には暴発の危険がつきまとう。それは理解していた。マイルはひとりで練習をしようとしたのだった。

一週間ほどやってみてさらに分かったのは、独学はさらに退屈だということだった。そうしているうちに帰りが遅くなった。といっても日暮れに間に合わなかったというだけだが、街灯もないこのあたりは太陽が沈むと途端に真っ暗になる。その日は薄曇りで、月光も朧《おぼろ》な中、帰り道を急いだ。母はもう少し遅くならないと帰宅しないのは分かっていたが、兄のパリアはまたうるさく告げ口しようとするだろう。それを先に黙らせておかないとならない。

その夜道で出会ったのだ。数名の魔術士と、そして師匠に。

魔術士というのは、トトカンタ魔術士同盟の魔術士たちだった。確認したわけではないが、あの連中は格好でだいたい分かる。とにかく、ひとりとしてまともではない。まあ、今日会議室で見た中に、あの時の魔術士もいたかもしれない。そのあたりはいちいち覚えていないのだが。

彼らがなにをしていたのかは知らない。ただ、大騒ぎはしていた。ギャングあたりと喧嘩《けんか》でもしていたのか。そこに師匠が現れ、全員をたちまちに叩きのめしてしまった……

「ししょー。ししょうー！」

呼びかける。

返事はない。エイミーが草むらに近寄ろうとするのを（テントウムシを見つけたようだ）引っぱりもどしてから、また呼んだ。

「師匠！　ぜんっぜん微塵《みじん》も頼りたくないですが緊急事態なので仕方なく来ましたー。どうせ暇なんでしょうから手を貸してくださいよー。暇な時返しますからー」

やはりまた返事はない。

うーん、とうめいて、片目だけエイミーに向けた。

「参ったな。つかえねーゴミダメムシとは思ってたけど、ホント使えないって分かっちまった。帰るか」

回れ右して出ていく。

とはいえこれで、本当に手詰まりになってしまった。あとは誘拐犯が隠れ家にしそうな場所を手当たり次第に突っ込んでいくくらいだが、誘拐犯が隠れ家にしそうな場所というのもよく考えるとなにがなんだか分からない。

エイミーの目があるのでため息もつけずに、下町にもどっていく。

と。

「いたぞ！　あいつだ！」

最初に公園にやってきた男だった。何人か仲間を引き連れて、マイルの前に集まってくる。

左右を見やる。もどる道も男たちにふさがれていた。

「ちっ……」

気落ちして警戒心が削《そ》げていた。油断だ。最初の男に向き直って、告げる。

「なんだよ。話は変わんねえ。俺を追いかけるよりもっとやるべきことがあんだろ」

「うるせえよ！　ボスんとこにてめえを連れて帰らにゃ、俺たちはもうどうにもなんねえんだよ！」

「なんで？」

「説明させんな！」

叫び返してくるが、その横で別の男が、

「それはな——」

言いかけたのをぶん殴ってとめた。

「コードブラック！　コードブラックだ！」

「言っておくがボスはマジ泣き止《や》んでねえんだからな！　今もまだ泣いてるぞ絶対！」

また別の奴が叫んで、彼ら自身ももう統制もなにもない状態だった。

とはいえ。

（ちょっと人数が多過ぎるか……）

マイルは頭の中でそろばんを弾《はじ》いた。計算するほどのことでもないが。

敵も、銃で武装しているわけでもないだろう。仮に持っていてもさすがに白昼の往来で子供相手に使うというのも考えにくい。

だがマイルが魔術などで反撃すれば遠慮はなくなる。かといって素手で切り抜けるのは困難だ。ぐるぐる回って判断が難しい。

ともあれ、やってみるしかない。腹をくくって腰を落とす。

その刹那を見計らったように風が吹き抜け、そして太陽に雲がかかった。明るくはない下町の道に、影が過《よ》ぎる。

そしてその影には形があった。意味のある形が。人の姿をしていた。

「クックックック……」

抑えた笑い声が響き渡る。ギャングらも沈黙させたのは、声の圧力というより不可解さだろうか。

それは屋根の上に現れた。マイル、エイミー、そしてギャングたちを見下ろしている。

風にはためくマント。覆面で顔を隠し、巨大な鎌を掲げて。

トトカンタの大空を背に、威風堂々とポーズを取って、高らかに声を張り上《い》げた。

「はーっはっは！　背徳の街に吹き抜ける一陣の闇の風！　我こそ夢より出で、夜に訪ねる者――」

「まだ昼ですけど」

一応マイルが言うと、覆面の怪人は言い返してきた。

「やかましかである！　今から夜まで待てというのか！」

気を取り直して続ける。

「ええと……そうだ！　夜に訪ねるが場合によっては昼下がりも夜に含める者！

夢魔の貴族《ナイトメアブラッド》、高貴なる夜の使い、ブラックタイガー！」

しん……と静まり返るわけだが。

「トウッ！」

ブラックタイガーはかけ声をあげ、飛び降りてきた。マイルのすぐ横に着地する。

「てめえ！　いきなりナニモンだ！」

ギャングたちが叫ぶ。

覆面の下でフッと笑い――

彼は、鎌で地面を突いた。

「背徳の街に吹き抜ける一陣の……」

「また名乗んのかよ！」

「いらねえよその情報！　意味分かんねえから訊いてんだ！」

一斉にギャングたちからブーイングが寄せられるものの、まったくめげない。

「はーっはっはっ！　要は、混沌《こんとん》を正しこの街の秩序を守るバランス重視のヒーロー
ー！」

「その格好でどんな秩序だクラァ！」

「大鎌なんてよっぽどのワルでも持つ得物じゃねえぞ！」

「その通りだぞクソ変態！」

詰め寄ってくる敵を眼光で（といっても覆面だが）威圧し、ブラックタイガーはさらに怒鳴り返した。

「わめけわめけ悪党ども！　この改造人間ブラックタイガーに備わった七つのひみつ機能その1！　シャットアウトイヤーは不都合な意見などすべて跳ね返す！」

「その1がそれなのかよ！」

「その2はなんだその2は！　わりと気になるだろうがオラァ！」

「ひみつ機能その2は……タイガークロー！　鋼鉄をも裂くこの爪で……こうやって……それはそれ、ってやれば、不都合な話題は即座に後回しにできる！」

「結局それかよ！」

「鉄裂けよ！　今んとこ能力の七分の二が責任回避にしか発揮されてねえだろ！」

「はぁーっはっはぁ！　タイガークロータイガクローウ！」

「やりやがったこいつ！　無責任さに余念がねえ！」

「そういうのはいつか自分に返ってくるんだぞドラァ！」

「あっちのほうがおおむね正論だぞクソ変態！」

「ちょっと待て」

言い合いの中、ブラックタイガーははたと向き直った。

マイルにだ。言ってくる。

「さっきから君、敵の意見に加わってないか。助けに来てやったのに」

「まあそうなんでしょうけどそこは是々非々で。批判は建設的に受け入れてください」

「クソ変態とか連呼された気がしてならないが」

「それはそれで」

タイガークローをしていると、ギャングがようやく察した。ここまで分からずにいたのも、闖入者《ちんにゅうしゃ》の格好のせいだろうが。

「てめえら、仲間か！」

ざっと後ずさりして、警戒態勢になる。

「妙な格好ってことは、こいつも魔術士か」

あの魔王の手下たちのせいなのだが、そういった認識の街ではある。

不本意にマイルはうめいた。

「俺ぜんぜん普通にしてるのに、なんか同類にされるのヤだな」

「君は本当に一度、尊敬する師匠への態度というのを考えたほうがいいな」

「してますよ尊敬。こんな時まで役に立たなかったら本当にただの珍妙な人でしかないんで、さっさと片付けてください」

「だから……」

今さら口答えなどしそうな師だったが。

ギャングたちが襲いかかってきたので、それどころではなくなった。わっと声をあげて数人が一斉に飛びかかってくる。さらに相手が相手と見てタガが外れたのか、武器を取り出そうと上着に手を突っ込む者もいるのをマイルは見て取った。

が、別になにもしなかった。エイミーの手を握っていただけだ。

それで十分だった。

怪人ブラックタイガーはマントを翻し、その跳ね上げた黒布の中に身を潜めた。当然、ほんの一瞬だ。敵はこれを、これまで通りただ大仰な芝居がかったポーズだとしか思わなかったろう。

しかしそのマントが地面に落ちると、ブラックタイガーはそこにいなかった——のみならず、真っ先に向かってきたギャングの姿も減っていた。三人消え失《う》せたのだ。ブラックタイガーを含めれば四人か。

「うわあああああ！」

頭上から悲鳴。三人の男が宙づりになっていた。

大鎌で身体を刈られて……と一瞬見えたが。マイルは知っていたが、実はあの虚仮威《こけおど》しの鎌は刃引きしてあって、完全ななまくらだ。三人の身体を引っかけて持ち上げているだけだった。

その鎌を片手で抱えて、ブラックタイガーは近くの屋根に登っている。跳躍力も腕力も人間離れしている。

これもマイルは知っていた。ほとんど使う者もいない術、身体を強化するために魔術を使っている。かなり難度が高く、そんな難術を使うくらいならばもっと直接的に大きい威力を狙ったほうが効率はいい。が、師匠に限ってはこの術には別の効能がある。

「化け物……⁉」

見た目と相まって、分かりやすく相手を威圧しやすい。

「はぁーははははぁ！」

ブラックタイガーはさらに三人ごと鎌を振り上げた——そのまま一回転して、地上の仲間たちのところに投げつける！

投げ落とされた仲間を見捨てず、全員受け止めたのはさすがのチームワークとでも言うべきか。だがそのせいでギャングたち全体の足が止まった。

疾風怒濤《しっぷうどとう》、ブラックタイガーは飛び降りるとまず、手の届くところにいる敵を容易《たやす》く蹴散らしてしまった。降下のまま踏みつけてひとり、回転して裏拳でひとり、同じ回転でついでに反対側の敵には回し蹴り、最後に通常の正拳突きでひとり。

通常といっても強化された威力だ。打たれただけでは済まずに身体ごと吹き飛ばされ、別グループに激突した。こうしてひとつひとつ相手の動きを妨害しながら片づけていく。自称の通り黒い風が吹き抜けると、ギャングたちはひとり残らず叩きのめされていた。風は風でも、まるで竜巻だ。

「以上ッ」

と告げて、ブラックタイガーは落としていたマントを拾い上げた。くるりと回って身に着ける。

マイルとエイミーは最初の位置から一歩も動かず、それを見ていた。師匠が言ってくる。

「……なにも手伝わなかったな、弟子よ」

「動かないほうが邪魔にならないでしょう」

指で鼻をかいて、答えた。

「そうかもしれぬが……仮に奢《おご》るつもりと承知していても、財布を出すふりくらいしてくれぬ者とは長続きせぬ。それが人の輪、世の理《ことわり》」

覆面で顔は分からないものの、切ない様子で師は語った。

マイルは聞いた。そして聞き流した。

「まあそんなことはさておき、用があって訪ねたんです」

「うむ。どうやらありがたい師の金言は、さておかれたようだが」

「何処《どこ》に行ってたんですか？」

問われると、ブラックタイガーはやや狼狽《うろた》えたようだった。

「いや。今日はやたら忙しくて――その、別に何処でどうしていたわけでも……公園の池のミドリガメの甲羅を触りに……あと三匹でコンプリだから。マジで」

「へえ」

それ以上は詮索せず、マイルは続けた。

「真っ先に師匠を頼って来たんですよ」

「……本当か？」

どことなく疑わしげな師匠ではあったが、マイルはきっぱりと断言した。

「なんで疑うんですか。師匠あっての自分です。な？　エイミー」

隣のエイミーもうなずいてみせる。

「……そうか……」

ブラックタイガーはまだなにか言いたげだったが。

なんにしろ、周りを見回してマイルは言った。

「こいつらが倒れてるうちに、落ち着いて話せる場所に行きましょう。何処かないですか？」

「ああ、それならば、基地に行こう」

「……基地？」

疑問符とともにマイルが繰り返すと、ブラックタイガーは逆に意外そうに言ってきた。

「ブラックタイガーケイブだ。当然だろう」

5

ブラックタイガーは正義のヒーローである。少なくとも初めて出くわした時、彼が自称した肩書はそうだった。

暴走していた奇抜な風体の魔術士たちを蹴散らす姿は、まあ言われてみればそういう風にも見えないことはない。格好については似たり寄ったりでも、言動はいくらかまともそうだとマイルは判断した。そして、このブラックタイガーなる覆面の魔術士の実力が抜きんでていることも、まだ子供だったマイルですら思い知った。

だがそれが本当に思った以上の意味だと理解できたのは、もうしばらくしてからだった。トトカンタ特有の、奇怪な様相の魔術士たち。トトカンタ魔術士同盟の魔王の手下は、格好に似合わずかなりの腕の術者たちだ。

　これは兄が、魔術士同盟に加わりたがるようになって実感できた。パリアは私塾で一番の才覚の持ち主だったが、その彼も二度まで試験に落ち、三度目は受けないほうがいいと魔王から言い渡された。

「あと十年ほど腕を磨いて、それから入ればいい。現状の実力では見込みはない」

　取り憑《つ》かれたような執念でパリアは三度目の試験に合格するのだが、それはともかく。

　魔王は気まぐれでパリアを門前払いしたわけではなく、その後もパリアは組織のレベルについていくのに四苦八苦しているようだった。それでも結局、母と同じく事務仕事に回されている。魔王の実動部隊となるにはやはり十年ほどかかるのかもしれない。

　その連中よりさらに上回る、このブラックタイガーだ。キエサルヒマでも有数の使い手……であるのは間違いない。認めたくはなかったが。

「悪を見張るブラックタイガーの武装要塞をイメージできぬ理由が分からない、弟子よ」

「どうして考えつかなかったかというと、普通は考えつかないからです」

　端的にマイルは告げた。

　が、それでも彼についていった。ブラックタイガーは自信満々、機嫌よく話を続けている。

「発想力が貧困だ。わたしなどは時おり、高機動装甲自転車ブラックタイガーモービルや飛行するブラックタイガーウィングなどもあったんじゃないかとうっかり思ってしまうことすらある。今日こそはと基地をのぞくのだが……」

そう話しながら連れていかれたのは、まずは最初に師匠を訪ねたひとけのない界隈。そこからマンホールを下りて下水道に入った。エイミーを肩に担いで地下を進んでいる。

水道は、覚悟していたよりは清潔だった。というより、ほとんど水も流れていない。ほぼ廃道になっていたが、予定されてこうなったというより、自然と整備されなくなったという雰囲気だった。

「だったらこう、簡単にすっと行ける場所に基地作ったらどうですかね」

「敵は我が基地の場所を血眼になって探している。ケイブが奴らの手に落ちれば、ブラックタイガーの装備が失われてしまう。恐るべき事態となる」

「なにが置いてあるんです？」

「ブラックタイガーモービル……はないんだったか。えーと。ブラックタイガースーツの着替え一式とか、家具とか。あと部屋を大掃除した時に邪魔だけど捨てがたい物などもやや間借りしている」

「別に困らなそうですけど」

「困る」

あまり強く断言するので、マイルは少し考えた。

「要は、路上生活者に勝手に使われたりすると困るってことですか」

「すごく困ったのだ。一度入り込まれると、次もまたあるかもみたいなトラウマ的なのをずっと引きずるし……」

「そういう人が服と寝床にありつけるんなら、そのほうがよほど世のためになってそうな感がありますけど」

「覆面と鎌までごっそり持っていかれたので、なにに使うんだろうか気になって気になって。探してみたら、覆面は中に土を入れてプランターにされていたし、鎌は分解されてテーブルに姿を変えていた。そこまで無理やり使うために持っていかなくてもとさすがに思った」

怪人は格好のわりに繊細なことを言って、ぐっと拳を握りしめた。

「見かねたので、それ面白そうだから普通のテーブルと交換しませんかと申し出たら、施しはいらんと言われた時の我が心境、理解できるか弟子よ！」

「師匠の格好が胡散臭《うさんくさ》がられただけじゃないんですか？」

「いや、予備のスーツも丸ごと持っていかれたので、その時はブラックタイガーの表の顔である大富豪・ブルースとして接した」

「昔調べましたけど、そんな人いませんでした」

「いるのだ！　露骨に目立つ立場だしブラックタイガーの現れる時に必ず姿を消すし、これで誰も正体疑わないってどうなんだよって正直思う大富豪が！」

「大富豪なんてこの街にはもういないですよ。戦争で全部やられちゃったんでしょ」

マイルの指摘に、ブラックタイガーはどうせまた筋の通らない話を——するだけだろうと思ったのだが。違った。はたと正気にでももどったように、怪人は肩越しに言い返してきた。

「それは短絡的な認識だな、弟子よ」

「なにがですか」

「確かに富豪と言えるような資産家はもういない。だがそれは戦争前からだ。この街は枯渇しつつあった。逆境を全部戦争で解決しようなどと期待するのは下衆《げす》だが、悪いものをすべて戦争に押しつけるのも馬鹿だ」

「…………」

返事を考えているうちに、ブラックタイガーは肩を竦《すく》めてみせた。

「下衆と馬鹿は逆だったかな。まあ、どっちでもいいか」

どちらでもいいといえば、マイルは別に、ブラックタイガーの正体などにこだわっていたわけでもなかった。言い負かしたいとも思わない。

マイルにとってのこの怪人は、まったく脈絡なく現れた魔術の達人であり、居心地の悪い学校から隔絶された環境で指導を受けられる（しかもタダだ）、便利な師匠だ。それ以上でもそれ以下でもない。妄言まみれの怪人ブラックタイガーであることに不都合も感じていなかった。

　家族に説明するのは面倒だったので、マイルは独学で学んでいることになっている。母親やパリアは当然猛反対したが、マイルの上達が目に見えて早くなったため認めざるを得なくなった。話したのはエイミーにだけだったが、エイミーにしてもあまり本気にしてはいなかったようだ。

「ん？　ああ……大丈夫だよ。確かにまあ、全身タイツに黒マントに覆面って、なかなか駄目な大人でもやらない格好だけど。でも今はまだマシなんだ。冬でもあれだからな。本気であの格好が好きなんだって思い知らされる。やるせなーい気分だぞ。ほら、あんまり冷たい目で見るな。見下す価値もない人なんだから」

「思うに問題点の何割かは君にもたらされてる気がするのだが」

「なんでですか。弟子すらいなかったら本気で誰もあなたを尊敬しませんよって説得して、師匠になってもらったんじゃないですか」

　余計な口をはさんできた師匠に、マイルは口を尖らせた。ブラックタイガーはやはりまだ首を傾げながら、

「言われてみて、ヒーローなんだからサイドキックがいるのは悪くないと思ったのだが……なにか。なにか違うのだ、弟子よ。どこがとも言えぬが」

「分かりました。いずれ自分で気づくので時間をください」

「そうして欲しい。切実に」

歩いているうちに話題もなくなり、その基地とやらに着くまで本題に入れないとなると、あとは気まずい沈黙に耐えるしかない。

廃道を通り、ついにたどり着いた〝ブラックタイガーケイブ〟とやらは……

「こんなとこに来る必要あったんですか？　無駄足は勘弁して欲しいんですけど」

顔をしかめてマイルは訊いた。事態は急を要しているのだから。

しかしブラックタイガーは泰然としたものだった。

「落ち着ける場所が欲しいと言ったのは君だ、弟子よ。そして恐らくそれはだな、本日、君が口にした言葉の中で最も有益なものやもしれぬ。落ち着きこそ重要、そして要用。なればこそ紳士は、大事の中にあっても己のスケジュールを変えはしない」

「じゃあこれ、本気なんですか？」

「ああそうだ。お茶の時間だ」

元は、物置か倉庫だったのだろうか。もう使われていない部屋はすっかり改装され、フリルとレースたっぷりの小部屋になっている。

本物の高級家具が使われているわけでもないだろうが、夢見る乙女の部屋といった雰囲気だ。偽物だが窓まである。奥には天蓋つきのベッド。祭壇のように並べられた大量のぬいぐるみ……何故《なぜ》かすべて牛だった。

「ああ。昔はいくらでも出た牛が出せなくなった時から、自分でもよく分からない喪失感があってな。機能的な減退というのをやはり男は――」

「よし。エイミー。今こそたっぷり冷たい目で見ろ」

「やめさせてくれたまえ。無垢《むく》な目を凶器使用するのは」

ギャングの群れも瞬時に一掃した師が、物理的によろめきながら基地に逃げ込んでいく。


それを追って部屋に入りながら、マイルは訊ねた。

「なんなんですか、この趣味」

「以前は執事がいたのだが、そやつが揃《そろ》えた。というか、そいつのワイフが」

「執事？」

「まあ必要だろうと思って、焼け出された宿屋の主を雇ったのだが。山で暮らしてたとかいう奥方がやってきて、これがまあ意外と旧知だったのだが、とにかく人の嫌がること以外なにひとつしないというタチの悪い女で」

「クビにすればいいでしょ」

「した。我が生涯で最大の苦労だったやもしれぬが。まあそれはそれとして案外気に入ってしまってな」

ともあれその部屋の中央に、テーブルクロスまで敷いた立派なテーブルがあり、茶と菓子の準備がしてあった。ひとり分しかないが、ブラックタイガーは追加で人数分の器を棚から取り出す。

「出がけに支度をしておいたのだ。なればこそ速やかにもどり、優雅な時間を楽しめるというもの。これが貴族流というものだよ」

手際よく器を並べてから水筒を手に取り、おもむろに放り上げる。一言声をあげると水筒が一瞬消えて見えるほど激しく回転した。落ちてきた水筒を受け取ってから、また叫ぶ。これは呪文ではなかったが。

「熱っ！」

水筒の蓋を開けると、中の水は沸き立っていた。それをポットに移す。マイルは彼の魔術構成から、なにをやったのかを理解した。水を沸騰させ、かき混ぜた。簡単なことだし、マイルにだってできるだろう。だがそれを、いつやるとも気負わずに鼻歌のようにできてしまう間合いのようなものが、師は抜群に上手い。

茶葉を選んで淹《い》れ始めると、さすがにエイミーも目をきらきらさせてきた。

「一応お前でも、お茶会に憧れとかあるんだな」

というマイルの声にも答えず、手を離して一番近い席に上る。

ブラックタイガーはうんうんとうなずいた。

「今日の菓子は苦瓜《にがうり》のピールを用意していたが、お嬢様にはチョコクッキーなどどうかな。残念ながら焼きたてではないが。さて、君も一息つきたまえ。余裕なき者にいい知恵はない」

勧められてマイルも椅子についた。

手際よく準備を続けるブラックタイガーだが、彼が淹れた紅茶は二杯だけだった。マイルとエイミーにだけ、カップと茶菓子を回して、自分も席に座る。

「……師匠の分は？」

マイルが問うと、ブラックタイガーは滔々《とうとう》と語り始めた。

「改造人間であるわたしは通常の飲食が不可能だ。のちほど、培養カプセルに入りチューブから……」

「覆面つけたままじゃ飲めないって今気づいたと、素直に言ったらいいんじゃないですか」

と、香りをかいでからカップを口に運ぶ。

エイミーは動かず、じっと自分の分を見つめていた。

覆面の下で、ブラックタイガーがくすりと笑うのが聞こえた。

「お嬢様は緊張しているのかな」

妹はなにも答えない。カップから目を離さなかった。

人見知りではない。集中している。マイルが代わりに答えた。

「まだ熱いのは飲めないんです」

「なるほど。では、ミルクティーはどうかな?」

とブラックタイガーが伸ばしかけた手を、エイミーが小さな手を掲げて阻む。

きょとんとした師に、マイルは説明した。

「彼女の魔術なんです」

「え?」

「睨むと温度が下げられます」

「………」

もちろん、魔術ではない。

睨むと温度が変わる、のではない。しばらくすると自然に冷めるというだけだ。

だがこれがエイミーに使えるいくつかの魔術のひとつだった。ブラックタイガーも察してか、特に異論は挟まなかった。

身内に魔術士が多いせいなのだろう。エイミーは自分にもそうした力があって当然だと思っているふしがある。他の弟妹《きょうだい》たちの例からしても、もう少し大きくならないと理解できないだろう。魔術士と非魔術士が違うということを。

妹がいま信じて疑うことのない、己の思うままが正しい世界。どうやらそれが世界のすべてではないらしい、とマイルが悟ったのは……恐らく少し、世間一般より早かった。生まれてすぐだ。路上生活者の喧嘩に巻き込まれて殺された女の腕の中で泣き続けてから。どうしてもう乳が出ないのかと嘆いた。その時の記憶が残っていると、マイルは信じている。

パリアも似たようなものだったろう。弟、妹たちは、年少になるにつれて、気づきにくくなっているようだった。コーズなどは十歳になってもわがまま放題だ。世の中が平和になるにつれて、ということかとマイルは考えている。

と。

(なんでもかんでも戦争のせいだと思うのは……か)

師の言葉が頭を過ぎり、軽く首を振る。肯定か否定かは自分でもよく分からない。

「それで」

ブラックタイガーは話題を変えた。

「このわたしに頼りたいことというのは？　弟子よ」

「ご存じでしょうけど、母が誘拐に遭いました」

「……まあ、知ってはいる」

「解決したいですが手詰まりで。日暮れまでにカタがつきそうにないんです」

「日暮れ？」

師は疑問を返してきたが、マイルは構わず続けた。

「だからそれまで、妹を見ていて欲しいんです」

エイミーのほうは見ず、ただ師匠だけに視線を注ぐ。彼は意外に思ったようだった。

「その頼みごとは……予想外だったな、弟子よ」

「なにを頼まれると思ってたんです？」

「手助けか、助言か。そういったことだろうと」

「情報、あるんですか？」

「いや」

苦々しさを含んで、ブラックタイガーの声がよどんだ。これまでは覆面越しでも大袈《おおげ》裟《さ》なくらい堂々とした声音だったが。

「だったら、妹を頼みます」

マイルが席を立つと、師は制止してきた。

「待ちたまえ、弟子よ」

「なんですか？　時間が惜しいんですけど」

「説明したまえ。なにをするつもりでいる？」

「大したことじゃありません」

妹が心配しないように、マイルは気楽さを保った。

「犯人が分からないから、少し乱暴に燻《いぶ》り出します」

「ブラックタイガー第三の機能。ブラックタイガー予感がどうも、嫌な信号を察知している。だいたい常に『嫌な予感だなー』っとけばおおむね当たったことにできるというのが普段の機能だが、今回はかなり明確な胸騒ぎだ」

覆面で隠そうとしているのだろうが、狼狽えているのはそれこそ明白だった。

マイルは手早く話を続けた。

「そこまで無茶はしません。エイミーを見ていてください。エイミー、そいつから絶対に離れるなよ。目も離すな」

師匠を指さして、告げる。

ブラックタイガーは不本意そうにうめいた。

「どうも尊敬する師というより、扱いが囚人のほうに近い気がしないでもないが」

「気のせいです。エイミー、いいな?」

確認する。

妹はさすがに〝魔術〟を取りやめ、こちらを向いてきた。

そして、こくんと首肯した。マイルは手を振り、その場を後にした。

6

（いちかばちかだな……）

水道から出て、マイルは改めて街の空気を感じた。なんの変哲もない街。日常が続き、変化のない街、トトカンタ市。

ここでは毎日のように怪人が暴走する。というより、トトカンタ魔術士同盟の魔術士たちだが。

それを撃退し、秩序を守るのが正義のヒーロー、改造人間ブラックタイガーである
……らしい。本人いわく。

トトカンタ魔術士同盟へと向かう。魔王の城だ。やはり外観は普通のビルだが。

玄関を蹴り開けて押し入る。ロビーで真っ先に出くわしたのは〝虐殺巨人〟グランギニオンとグラマー女だった。

「オマエ……ダレダッケ……？」

「ほーほほほ！　ぼっちゃまが結局なにもできずに泣いて帰って――」

聞かずに。即座に。

マイルは構成を編んで叫んだ。

「稲妻よ！」

雷光が跳ね回る。

鞭のように弾ける稲妻が、往復するようにロビーを蹂躪《じゅうりん》した。

当然、そのさなかには奇怪な格好の魔術士ふたりがいるのだが――グランギニオンも女も、微動だにしていない。電撃が収まった時、ふたりも周囲に展開した防御障壁を解いた。

鞭を手に、女が訊いてくる。もう笑ってはいない。

「どういうおつもり……？」

マイルは答えた。

「状況を変えるんだよ」

「フンガアアアアア！」

大男の雄叫《おたけ》びが、今の電光にも劣らないほど激しく建物を揺るがす。

と同時に両腕を振り上げ、突進してきた。マイルはすぐさま玄関の外へと飛び出す。

道に出て、ここ一番の集中力で魔術を発動した。

「翼よ！」

突風が身体を後押しして加速する。空に舞い上がるほどではないがそれに近い感覚で、通りの反対まで吹き飛んだ。そうそう追い付けはしない速度だ。

が、グランギニオンが飛び出してきた勢いは、そんな常識で判断しようとした己を馬鹿のように思わせた。緑色の巨体が弾丸――いや砲弾？　と化して、一気に跳躍してくる。

マイルの加速が終わり、着地したのと、追いかけてくる巨体が上方から影を落としてきたのはほとんど同着だった。

（マジかよ……！）

横に跳んで転がる。ぎりぎりでかわしたが、グランギニオンが殴った地面の衝撃からは逃れられなかった。つまずき、よろめく。体勢が不十分なマイルに、グランギニオンはさらに追い打ちをかけてきた。

（よくこんなのを、簡単に倒すな。師匠は）

傍《はた》から見ていると遊んでいるのかという感じだったが。お互いの格好のせいで。

しかしマイルもただ考えずに見てきたわけでもない。

（師匠のやり方は、確か……）

「ブンガァァァァァア！」

グランギニオンが声をあげ、腕を振り回す。マイルは上体を下げてかわしつつ、術の構成を絞った。

ロビーでの攻撃は、もちろんあれで仕留められると期待していたわけではない。グランギニオンはこれでも魔術士だ。魔術士同士の場合、攻撃術で不意打ちはほとんどできない。構成を見られれば防御されてしまう。防御を貫くほどの威力を出すには、かなり段違いの実力差が必要となる。格上の術者相手では論外だ。

さらに打ちかかってくる敵に、マイルは攻撃術の構成を見せつけた。この巨体を一撃で無力化できる、十分な威力の術構成。

グランギニオンの動きが鈍る。マイルが至近距離から術を放てるのであれば――接近戦の中、集中を途切れさせずにいられるほどの達者なら、この間合いでの戦いは危険がある。そう察したのだろう。

殴るより離れたほうがグランギニオンには得だ。離れればマイルの攻撃術はさほど怖くない。積極的に逃げはしなかったものの、マイルが後方に跳び退いたのを追いかけてこなかった。

間合いが離れたところでマイルの構成は霧散した。というより、とうに限界だった集中力が途切れた。

魔術として発動させるのは到底無理な話だった。格闘しながら大きな攻撃術を扱うなどというのは、よほど戦い慣れた超一級の魔術士くらいだろう。

そこまで含めて、マイルは鼻で笑った。

「騙《だま》されやすいね」

「コノォォォ！」

激昂《げっこう》して、グランギニオンが術を使う。

恐らく、建物から飛び出してきた時に使ったものだろう。マイルがやったのとほとんど同じだが、それより高度だ。気流で後押しするのではなく重力制御に近い。

それで突撃してこようとしている巨漢に、マイルは心の中で告げた。

(そして怒りやすい)

こちらも術を構成する。

マイルが展開した防御障壁に、グランギニオンが激突した。

攻撃術でも防げる力場の盾だが、グランギニオンは肉弾で突破するのではないかと思わせるほどの凄《すさ》まじい勢いだった。

だが障壁は破られず、ぶつかった巨人はそのままふらりと……仰向《あおむ》けに昏倒《こんとう》した。

『弟子よ。長らく戦っているうちに分かることはだ。最強の魔術士になってすべてを格下として君臨するよりも、のらりくらりと格上の敵をいなす機知を身に着けるほうが得だということだ』

師匠はそんな言い方をした。

ただ、マイルには疑問ではあった。マイルから見て、彼はむしろ地上最強の術者というほどに強力だ。

そう訊ねると、師匠は苦笑した。覆面の下で細かい表情は分からないが、妙に複雑な感情が読み取れた。屈折といってもいいくらいに。

『経験上だ。わたしは……格上の連中に囲まれて育ったのでな。あ、ああ、そうだ。改造人間を作る悪の秘密基地での話だが』

ともあれ。

回想に浸っている場合でもなく、マイルは向き直った。魔術士同盟の建物から、他の魔術士たちも続々と……

「あれ？」

出てくると思っていたのだが、グランギニオンが出てきたきりだった。

「こっちよ……」

グラマー女の声。

咄嗟《とっさ》に振り向きたくなる衝動を抑えて、マイルは呪文を唱えて上空に飛び上がった。風を操作して身体を回転させる。周囲を見渡すためだ。

女は声のしたあたり、マイルの背後、数歩の距離にいた。回り込んできたのか、同盟のビルとは反対側の路地から出てきた格好だ。どうやらもう、魔術士たちはあたりを包囲しているらしい。

だがそれで攻撃してくるつもりなら、わざわざ呼びかけてくる必然性はない。マイルの注意を引きつけたかった別の理由があるはずだ。

（……いた）

別の魔術士だ。近くの建物の屋上に、テニスの格好をした女がサーブの体勢で構えていた。マイルが予想外の移動をしたので戸惑ったようだが、それでも複雑な構成を編み始めている。この構成を見られたくなかったのだろう。

普通に術を作るよりも時間がかかっているようだ。そして床にバウンドさせていたボールを上に投げ、ラケットを振りかぶり——打った。

サーブの掛け声のようでもあったが、なにかの呪文も発したようだ。構成の規模のわりに威圧感はない。

マイルはまだ滞空していて、テニス女の位置よりも上にいた。だからボールについてはあまり警戒はしなかった。テニスの打ち方では、上方の的を狙い打つのはまず無理だろう。実際彼女が打ったボールは見当違いの方向に飛んでいった。

そして適当な建物の壁にぶつかり、命中した角度を無視してマイルのほうに向かってきた。

「⁉」

竜巻を使って身体を浮かべただけで、空での自由はほとんど利かない。マイルは為《な》すすべもなくそのボールに撃墜された。一度バウンドしたというのにかなりの強さだ。突き刺さるように腹を抉《えぐ》り、跳ね返ったボールは別の屋根に当たる。そこでもやはりおかしな角度で反射した。

今度はマイルの頭に命中した。威力もまったく落ちていない。

どうにか意識にしがみつきながら、マイルは地上にもどった。というより墜落した。途端に足をボールに打たれて転倒する。

身体を丸めて防御姿勢を取り、どうにか耐えるのだが、とにかくまったく終わらない。何度でも繰り返す。一撃で失神させられるほどではないが、これでは行動不能と大差ない。

足止めのための術だ。単なる攻撃術と違って防げば終わりではないし、案外と実用的なのかもしれない。

（じゃあ、とどめの役は……）

打たれる圧力の下からうかがうように、マイルはグラマー女のほうを見やった。彼女は鞭をしならせ、笑いだす。

「ほーほほほ！　いいザマね、坊や。自分がなにに喧嘩を売ったのか、思い知ったかしら？」

気の利いたことでも答えてやりたかったが、そうしたところで舌を噛むだけだろう。

跳ね返るボールに打たれ続け、マイルはじっと待った。

グラマー女はじわじわ前進してくる。鉄仮面の下できらきらした青の唇が（塗り替えたらしい）哄笑を発する。

「どういうつもりか分からないけど、生意気な子犬ちゃんはしつけをして差し上げなければねえ。どんなのがお好みかしら？　地下牢《ろう》で宙づり？　それとももっと手短に激しく、お尻が割れるまで鞭でチョウチュク――」

「打擲《ちようちやく》だろ！」

声をあげた。グラマー女が逆上する。

「だからちょっと言い間違い――」

気の逸れたその瞬間を狙って。

マイルは身体をひねった。タイミングを計って手を伸ばす。飛んできたボールに触れた。手を添えて、勢いに逆らわず軌道を変える。円を描くように身体を回転させ、ぶん投げた。

ボールはグラマー女の顔面に命中した。そして近くの壁まで跳ね返り、今度は女を標的に変える。

「ぎゃあああああ!?　痛い！　お腹！　背中！　じかに！　じかに肌、薄着だきゃら――」

滅多打ちにあってグラマー女が悲鳴をあげる。その声も若干滑舌がおかしかったが。

ふう、と息をついてマイルは身体をさすった。当然だがあちこち痛い。あざになっているだろう。

「くそ。やっぱ、舌噛んだな」

叫んだ時にだ。

屋根の上のテニス女のほうを見上げる。彼女は自分の術でぼろくそにされている仲間に、しまったーという顔をしていたが。

すぐに気を取り直した。

「なかなかやるわね！」

ラケットを捨てて、足元にあったらしい別の武器を拾い上げた。

大きな斧《おの》を抱えて飛び降りてくる。その勢いで振り下ろされた斧を、マイルは後退してかわした。

「テニス全然関係ないのかよ！」

「うふふ……山でうっかりラケットをなくした場合、かろうじて代用できそうな道具といえば斧……」

「山が関係ねえし！　街中だし。それにもっといいのあんだろ！」

「お黙り！　その可能性を見越して斧で特訓したあげく、類を見ないパワープレイヤーとして開花したこのわたくしの青春！　青春は熱く燃え上がるはずだった！」

睨みを利かせ、斧を構えてみせる。フォアハンドに。

「なのに頭の固い連中から、斧でプレイするのは反則だと競技を追放され、仕方なく魔術士同盟に」

「仕方なさ過ぎんだろ！　他に言いようもねえよ！」

「プレイボォォォォル！」

「野球だしよ！」

スイングしてきた斧から逃げる。言うだけあって本当に軽々と使いこなしている。まともにやり合うつもりはなかった。しかし逃げたところで追われるだけだ。正しい逃げ道は――

直感で選んで、マイルは駆け出した。

グラマー女のほうへと。いまだ猛スピードでボールが飛び交う中、そこへだ。

「ああああ！　倒れることすら許さない連打！　連打ぁぁ！」

ボールにやられながら若干楽しそうにすらなっている女の横を通り抜ける。そのまま、奥の路地へと入り込んだ。

「…………!?」

テニス女（ともはや言っていいのか分からないが）は仰天したようだった。マイルがこうもすんなり球をすり抜けていくとは思っていなかったのだろう。

一息ついて、マイルは告げた。

「狭い家に家族がたくさんいると、避けるのはうまくなるんだよ」

「そ、そんなテキトーな理屈を実戦に持ち込むなんて！　でたらめよ！」

「斧で特訓して開花した奴が言ってんじゃねえよ！」

光熱波を放って、グラマー女と一緒に吹き飛ばす。

どうせ防御はされただろうが、その爆発が視界をふさいでいる間に路地の奥へと駆け込んだ。

逃げ切るつもりはない。この分だと、恐らく敵は退路もふさいでいる。

（ま、自分で仕掛けて逃げてちゃ世話ないしな）

移動しながらひとりひとり、片づけていくしかなかった。先に、相手の総数くらい把握しておけばよかったが。

（さっきのギャングのアジトでのことからすると、かなり街に出払ってるはず）

少し走ると気配を感じた。三人の人影が立ちふさがっている。

猿の面を着けたまったく同じ体格の男たち。三つ子らしい。顔を隠しているのに分かるのは、服に大きく「三つ子長男」「次男」「三男」と書いてあるからだ。長男を中心に、腕組みして並んでいる。

「クックック……どうやらグランギニオンもミスパープルも、キラーニコワも敗れたか。久方ぶりに狩りがいのある獲物よのう、弟たち」

「キッシッシ。兄者はそう言うて、相手が弱ければそれはそれで燃えるタチではありませぬか」

「ゲッヘッヘ。戦うのは兄者。とどめはチイ兄。そして……そしてその後が、オデだァ。なにをしてやろうかァ。ゲへへへへ」

不気味な声で、ゆっくり歩を進めてくる。

見たところ武器は持っていない。魔術士にとってはあまり関係のないことだが。

マイルは後方も警戒した。グラマーのほうは片づけたと思うが、テニス女はきっと追ってきているはずだ。時間はかけられない。

向こうには数の有利がある。この場にいる三人というのもあるが、全体の包囲も次第に狭まってくるだろう。急いで攻めてきそうにはない。

先手を取ったのはマイルだった。叫ぶ。

「烈風よ！」

鋭い風の刃《やいば》が襲う。真空波といったものではなく、もっと単純に威力を集束させた突風だが。当たれば殴られたくらいの打撃力はある。

だが、次男が前に出た。ぱん！　と手を打ち鳴らし、両拳で前方を乱打し始めた。

「ウラララララァァ！」

そんな馬鹿なと思うが、風の威力を拡散させてしまったようだ。

「キッシッシ。小僧が驚いておりますぞぉ」

「クックック。そう脅してやるな。勝っておるのは分かり切っているのに、力比べも詮無い。ここは奥義から見せてくれよう」

「へいっ！」

弟ふたりが返事して。

まずは三男がかがみ込んだ。その背中に次男が飛び乗る。そして長男が跳躍すると、次男がそれを受け止め、己の肩まで軽々と持ち上げた。

三男が足を伸ばし、完成したのは三兄弟が縦に組み上がった状態だった。マイルから見上げると、長男がいるのは結構な高さだ。その位置から言ってくる。

「クックック。我らドゲス三兄弟。我は頭脳と眼力を鍛え、次男は腕を鍛え、三男が足を鍛えた。合体した時こそ、真のドゲス拳法が発揮される時……」

「基本的に、なんかいちいち魔術とか関係ないんだな、お前ら」

「馬鹿を言うなッ。戦闘技術とは所詮、格闘よ！　我らは利点をひとつずつに絞り、そこを徹底的に鍛えたことで、凡人より秀でた超人となった！　このドゲス合体巨人に格闘技で勝てる者などおらん！」

「ホントに？」

マイルはその場に腰を下ろした。

「なにをやっておる？」

訊いてくる長男に、マイルは下から告げた。

「寝技で勝負」

「あっ。ずるい」

気が殺《そ》げた隙に、マイルは転がって三男の膝頭をかかとで突いた。

自身も含めれば三人分の体重がかかっているところに、関節を逆に曲げられればたまったものではない。一気に崩れた。

三兄弟が地面に落ちる中、マイルは起き上がって踏み込んだ。彼らの中に紛れ込む形になる。

狭い場所での乱戦なら慣れがあった。三兄弟のそれぞれ首、みぞおち、脇腹の急所に拳と肘を打ち込んだ。

マイルを残して、ばたばたと三人が倒れる。長男が震え声で訊いてきた。

「な、何故負けた……？」

「なんでって、三対一なら普通に勝てるのにわざわざ一体になっちゃうからだろ」

「なに、逆転の発想……!?」

「してないよ、全然」

この分では、本当にどうにかできてしまうのではないか。と思い始めた時だった。

「マイル！　なにをやってるんだ！」

怒鳴り声に身が竦んだ。

しまった。と振り向く。この可能性はあまり考えていなかった。

追いかけてきたのはパリアだった。彼だけではない。テニス女も、あと息を吹き返したらしいグランギニオンもグラマー女もいた。

行く手からも例のピエロ、痩せた黒装束の男、これは初見の丸太を担いだ髭《ひげ》の青ジーンズなど、トトカンタ魔術士同盟の魔術士らが続々と現れる。あっと言う間にすべての方向を封鎖されてしまった。

だがそれでもやはり、一番まずいと感じたのはパリアの顔だった。怒り心頭だ。

「いや、なにって……考えがあってさ」

言い訳を考えようとするが、思いつかない。負傷と疲労もあって頭が回らなかった。

だが、だからといって他の魔術士のようにパリアを叩きのめすわけにもいかない。それだけは絶対に駄目だ。パリアは絶対に――絶対に許してはくれないだろう。マイルが彼の上をいくことを。もし、そうなったら……

立ち尽くしたままのマイルに、パリアはさらに声を張り上げた。

「お前はいつもこうだ！　いい加減で、出たとこまかせで……！」

「だから……ちょっと黙れよ！」

「黙って見てられるか！　お前、状況を分かってるのか！」

と、周りを指し示す。

トトカンタ魔術士同盟の魔術士たち、十数名がマイルを取り囲んでいた。

パリアもその一員ではあるが。彼はいったん言葉を呑み込み、進み出てきた。今度はマイルにではなく同僚たちに話し出す。

「あの。ここは自分に任せてもらえない……ですか。もう弟は暴れたりしないと思うので……」

言っている相手がグランギニオンなので、通じているか微妙な気配だが。

なんにしろ愛想を振りまくパリアに、マイルは告げた。

「暴れる」

「おい！」

「犯人は脅迫状を送ってきたんだろ」

「ああ、だが内容があやふやで――」

言い募るパリアをマイルは遮った。

「それでもわざわざ誘拐を知らせたってことは、魔術士同盟と取引を必要としてるんだ。

だから、横から同盟を攻撃するようなのが現れたら、きっと接触してくる」

「接触してきて、どうするんだ！　お前ひとりで！　俺たちが総出で探しても、尻尾《しっぽ》も摑めてないような相手だぞ！」

ぐっと息を呑む。

感情を押し殺して、マイルはつぶやいた。

「ひとりじゃない。悔しいけど」

「え？」

上空に広がる大きな影を——その場にいた何人かが気づき始めた。

マイルは見上げず、続けた。

「窮地になると確かに必ず出てくるんだ。ヒーローらしく」

「はーははははー！」

影、そして声と来て、次に降ってきたのは発煙筒だった。
四、五本か。爆竹も混じっていたのか火薬の弾ける音も鳴り響く。煙と音と衝撃の中、しかし魔術士たちを動揺させたのは黒いマントを広げたその男の登場、そのものだった。
「奴は……！」

「ブラックタイガー！　おのれ、ここで会ったが百年目！」

ブラックタイガーと魔術士同盟は、まさに宿敵である。

というより魔術士たちが（案の定、というのか）騒ぎを起こすたび、ブラックタイガーが現れてそれを倒す。怪人とヒーローの関係だった。

しかし、さすがに強者ブラックタイガーでも、この人数の集まったところに出てきたのでは勝ち目はなかった。魔術士たちもマイルが相手では手加減もしていただろうが、長年の宿敵が来たとなれば全力だろう。

降下は死への秒読みだった。ブラックタイガーは果敢に挑もうとしている。

と見えたが……

次第に落下速度が遅くなったかと思うと、また上へともどっていった。びよんと、飛び降りてきたのだろう屋根まで。腰に巻いたゴムのロープのせいで。

みなが見上げる中、マイルはその隙に包囲を突破していた。気づかれないうちに逃げ出す。

さらに発煙筒が追加で投げ込まれたようだった。爆竹も。あと悲鳴から推測するに、唐辛子の粉末かなにかも。

混乱して逃げ惑う魔術士たちの罵声が充満する。だがパリアの声だけは悲鳴ではなかった。被害に遭わなかったわけではない――マイルですら少し吸い込んで喉が痛かった。煙の中から、目を赤く腫らしてふらふらと彷徨《さまよ》い出たパリアの姿を、マイルは足を止めて見つめた。

パリアはなおも声をあげた。こちらの姿は見えていなかっただろうが。

「マイル！　母さんだって、みんなだって心配してるんだぞ。お前が……ちゃんとしないから！」

そんな言い方はよしてくれ……

声に出さず、マイルは叫び返した。

そして、その場を後に駆け出した。声に出なくてよかったと、心の底から思った。

7

路地の途中で、ブラックタイガーが追いついてきた。先ほどの派手な登場とはまったく正反対に、夜に吹く風のごとく、いつの間にかマイルの背後を走っている。ふっと、音もなかった。

「師匠」

「礼はいい」

澄ました様子で言うブラックタイガーに、マイルはうなずいた。

「じゃあ言いません」

「えー」

「エイミーはどうしたんです。まさか置いてきたんですか」

感謝はしていたが、つい詰問口調になった。

が、ブラックタイガーはかぶりを振る。ばっとマントを跳ね上げた。

「ここにいる。手伝ってもらった。助手としてはかなり優秀だ」

エイミーが腰紐《こしひも》で固定され、マントの下にしがみついている。手に、まだ使っていない発煙筒も何本か抱えて。

結構怖い目を見たはずなのだが涙ひとつない妹に、マイルはしかめっ面を向けた。

「兄ちゃんの言いつけを破ったな。おかげで助かったけど、それはそれだぞ」

なにも言わないエイミーの代わりに師匠が答えた。

「そう言うな、弟子よ。君を心配したのだ」

「裏切りの記録をつけていって、お前の結婚式とかで公表するからな。うちの家族はやってくぞ、そういうの」

走るうちにブラックタイガーのほうが先行するようになり、道を誘導した。今度は違った入り口だがやはり使われていない下水道に入り込む。着いたのは先刻と同じ、ブラックタイガーケイブだった。

もうテーブルは片づけられている。部屋まで入ったところで、すとんとエイミーが下りた。マイルの横まで歩いてきて、ぐっと腕を摑む。

マイルは嘆息した。

「ごめんな」

妹の頭を撫でていると。

ブラックタイガーが話題を変えた。

「エイミーを預けたのは、この子を監視役に置いて、わたしを遠ざけたかったようだな。どうしてだ」

マイルは即答した。

「魔術士同盟に魔王までいたら、さすがに勝ち目ゼロなんで」

「ああ、まあそうか――いや、ん？　どういうことだ。それはなにか関係あるようなことかね？　んん？」

言動が怪しくなる師を半眼で見やって、続ける。

「逆に、自分の職場に攻め込んでくださいってお願いしても聞いてもらえないでしょうしね」

「ななにを言っているのかな。わたしには意味がさっぱりだ。ちなみにわたしはしがない改造人間である。変異した虎に咬《か》まれたことで体質が変化し――」

「虎に咬まれた時点で死んで然《しか》るべきです」

どっと疲れが襲ってくるのを感じた。

別に師匠の話のせいではない。一息ついてアドレナリンが引いてきたのか。打ち身が痛み出した。身体をさすって痛む箇所を確かめていると。

「だいぶやられたようだな、弟子よ」

「ええ、まあ」

というよりも、深く突き刺さったのはパリアの声だったが。

ブラックタイガーはさすがにここは師匠らしく、容赦しなかった。

「戦術がなってない。手わざは鍛えたが、奸智《かんち》が伴っていなければ宴会芸くらいにしか使えん。ただ――」

と、くるりと回って指を突きつけてくる。それなりに上機嫌のようだった。

「狙いのつけどころ、あれは悪くなかったと考える。犯人を燻り出すには案外、あれくらいしか手がないかもしれん。なにしろ犯人は例の脅迫状以来、まったくなにもしてこない。しかも魔術士同盟がいくら探索しても足跡ひとつなかった……ようだ、噂では。ええと、とにかく、誘拐犯が存在しているのかどうかすら分からなくなってきた」

また別の、嫌な話を思い出す。

口に出したくはなかったが、それでも避けられなかった。

「狂言を疑ってますか？」

「どうかな……とりあえず貴族共産会の線はなくなったらしい。魔術士同盟は、彼らが三日前に街を出ていたことを確認した。今はマスマテュリア近くの街道にいるようだ」

「そうですか」

悪い知らせではないのだが、明るい情報とも言い切れない、微妙な展開だ。

「母が、普通に誘拐されてるほうがいい、ってわけじゃないんですが……」

どう言えばいいのかも難しく、マイルはうつむいた。それで見えたのだが、エイミーも疲れたのか、目を閉じて頭を揺らしている。

テーブルから椅子をふたつ引っぱってエイミーを座らせた。自分も隣に腰を下ろす。エイミーはマイルにもたれて、静かに寝息を立て始めた。

と、だしぬけにブラックタイガーが質問した。

「どうして日暮れまで、と？」

「なにがですか」

話が見えずに訊き返す。師は肩を竦めて問い直してきた。

「日暮れまでに解決しないとならない、と言っていただろう。唐突に感じたのでな」

「早いほうがいいでしょう」

「まあそれはそうだろうが」

「エイミーが夜に起きた時、母がいないと、外に探しに出ちゃうんですよ。見張ってればいいんですけど、すばしっこくて。縛りつけておくわけにもいかないし……」

「君は本当に家族のことしか言わないな」

呆《あき》れたのか、感心したのか。どちらというわけでもないのだろうが。

居眠りするエイミーの髪に触れて、マイルはつぶやいた。

「エイミーは孤児の子です」

「それは、そう聞いているが」

伝わらなかったようなので、言い直す。

「いえ。孤児の子なんです。戦争で孤児になった人が、学校にも行けず、仕事にも就けないまま、路上で産んだんだそうです。多分、ここいらのどこかで」

適当に上を指さした。地上の、荒れた区域のことだ。

「彼女は出産後、すぐ亡くなりました。まだ赤ん坊だったエイミーを連れて母を頼ったんです。昔、孤児院で会ったのを覚えていたとかで」

五年前のことだ。マイルはまだ少年だった。今よりももっと。

家族が増える時の思い出は、もちろんどれも強く覚えている。ただ、エイミーの時については、妹よりも母の表情のほうがいつも思い浮かんだ。

「母はショックを受けたようでした。彼女のことを思い出せなかったって。恐らく、そう長く世話した子でもなかったんでしょう。戦争当時や直後は、母もそれほど本腰を入れてはいなかったですし」

それが母の心の棘《とげ》になっているらしい。魔術士の福祉員として働いていた母は、魔術士が引き起こした戦争で非魔術士にも多くの犠牲者が出たのに、なにもできなかった自分を恥じたと語った。

彼女はキエサルヒマ魔術士同盟に反旗を翻した魔王ハーティアの側につき、加えて孤児院でも働くようになった。そして家族を増やし、二十年ほどが経《た》ったのだが……一緒に暮らしていくうちに母の顔にも変化があったと、マイルは思う。おおむね笑顔の母ではあったが、その笑顔に無理を感じなくなった。

エイミーが来た日。かつて世話して思い出せない子が死ぬのを見せられた日。母の笑顔に亀裂が入ったのを、見たような気がしたのだ。

「亡霊に会ったと感じたのかもしれません。もう片付いたなんて思わせないため。自分を罰するためにと」

ブラックタイガーは一笑に付した。

これ見よがしに腕を一振りして。

「彼女はそこまで弱くはない。馬鹿でもない。もしかして、街を抜け出すための彼女の狂言かという話、君は信じるのか？」

質問されたからというより、自分自身に問うて――

マイルは首を横に振った。

「いえ。そんなこと思いもしなかった。でも、これまで思いもしなかったから、そんな気遣いもできなかったから、俺も亡霊に会ったのかも」

「君も？」

「母にとっては俺も亡霊かもしれないっていう亡霊です」

沈黙は数秒ほど。

口を開いたブラックタイガーは、語気荒く言い切った。

「本気で言っているのなら、君は救いようもない馬鹿だな、弟子よ」

苦笑いして、マイルは言い訳した。

「頭を過ぎっただけですよ。だから亡霊なんです」

「亡霊はない。人の霊など実在しない。業も、神の祝福も、善悪も。つまらんことで悩めば深みにはまる。何故なら、つまらんからだ。特に魔術士は警戒すべきだな。この世に深い意味などはない。ただ煩雑なだけだ」

地下の下水道に隠されている、乙女らしい部屋の中で。覆面を着けた怪人が拳を振り上げ、もっともらしいことを語っている。

そんなでたらめな光景を見つめて、マイルはますます苦笑した。確かに。と思う。確かに、この世には思い悩むほどの深い意味などないのかもしれない。この街ではなく、世界こそなんの変哲もないのかもしれない。

「ひとつだけ、師匠に感謝していることがあるんです」

「……一応念のため確認しておくが、ひとつしかないのか、弟子よ」

無視して、マイルは続けた。

「頼みごとを叶《かな》えてくれたことがありました。期待してたわけでもないですけど」

「なんだ」

「兄弟には誕生日が分からないのもいるし、どうせ人数も多いからややこしいんで、うちでは兄弟の誕生日は同じ日ってことにして盛大に祝うんです。ただ、母さんが忙しくてどうしても帰りが夜遅くになるんで……ってことをつい、変態が相手なのに愚痴ったら
――」

「弟子よ。君はたまにはスムーズに話ができたらいいな」

また無駄口を挟んでくる師匠をシッシッと追い払って、

「その年から必ず、誕生日には母さん早く帰宅するようになったんです。一年二年は偶然かと思ってたから、最近まで気づいてなかった。願いが叶ってたことと」

じっくり師匠を見やって、

「どうして叶ったのかってことに」

また、しばしの沈黙。

今さら衝撃を受けたかのように硬直する師に、正直めんどくさいなとマイルが思っていると、彼はようやく声を絞り出してきた。

「今はもう……？」

「ええ。分かってます」

「分かっているのに……？」

「まあ、変態は変態に違いないです」

「そうか。色々な意味で、そうか……」

ぐったりと落ち込む。

ほとんど頽《くずお》れるくらいにかがみ込んでから、起き上がって師は覆面を取った。

赤い髪を手で整えながら、うめく。

「ともあれ、こうなったら本職にもどって、夜明かしを覚悟だな」

「俺は？」

「帰りなさい。君の領分ではない」

魔王ハーティア・アーレンフォードはわざとらしい気取り口調もやめて、会長らしく常識的な指示を出した。

8

「ああ、そうだよな。ケイトの料理はさ、この頃妙に気取ってきて……あれ絶対、色気づいたせいだ。十四のガキのくせに。ビタミンだか整腸作用だか知らないけど、美味《うま》いもんにして欲しいよな」

うんうんとうなずくエイミーを連れて、家路につく。

日暮れ前だ。あと数分で太陽が沈んで暗くなる。

気が重いのは言うまでもない。パリアが家を出ているのがせめてもの救いだ。とはいえそれは、母親が帰ってこないことを弟妹に説明してやるのがマイルの役割だということも意味する。

料理番のケイトを愚痴っている場合でもない。事件を知れば、真っ先に取り乱すのが彼女だろう。せめてケイトが落ち着いてくれれば、子守を分担できるのだが……

家が近づいてくるにつれて足は重いが、せめてこの程度のことはうまく切り抜けてみせないとという気にもなってくる。一番大変なのは、当の母のはずだ。

家の前に着いた。小さいが庭先まできっちり整えられた、家族らしい家族の家。あたりはまだ明るいものの、窓の灯りがうっすら分かる。帰っているのはケイトか。夕餉《ゆうげ》の支度をしているのだろう。

その玄関先の、壁の隙間から、すっと人影が出てきた。

細身の女だ。魔術士同盟のグラマー女のようなタイプではまったくない。歳ももっと、中年かそれ以上か。ただ、風貌も身のこなしも軽い。

ごく普通の格好をしている。が、その目が合った瞬間にマイルは総毛だった。殺気とでもいうものか。全身を針で貫かれ、骨から麻痺《まひ》していくような震え。動けるようになる前に、その女のハイキック一発で意識を根こそぎ奪われた。

達人というやつだ。

悪夢にうめきながら、マイルは眠り切れない頭で考え続けていた。師匠と同等かそれ以上の。しかも極めて正統的でまっとうな。

歯が立たないどころか、エイミーも守れなかった。家の目の前で。

「エイミー……エイミー！」

命綱のように、叫びに縋《すが》った。喪失していた感覚が身体につながる。落下するように飛び上がった――

実際には、ぎりぎりまぶたを開けたというだけだった。まだ身体が痺《しび》れている。

うす暗い部屋で、ベッドに寝かされていた。ずきずき痛む頭を抱えながら、どうにか視界を確保しようとする。眼球だけで見回して、どうやらホテルの一室らしいと見当をつけた。

なによりぞっとしたのは、その女がすぐわきに立っていたことだ。

視界に入るまで気配もなにも感じなかった。マイルを見下ろし、微動だにしていない。

「お前が……誘拐犯……かっ！」

女は無言で手を伸ばし、マイルの肩を摑んだ。

そして一気に引っぱり上げる。マイルをベッドに座らせただけだが、無理やり動かされて頭痛が悪化した。脳に損傷を受けたのかもしれない……

「大袈裟に痛がるな。たんこぶが出来ただけだ」

口を開いたかと思えば心を読んで、女は言い捨てた。

言われて、触ってみると確かに蹴られた箇所に大きなこぶが出来ている。痛みはそれだ。いったん座ってみると、寝ていた時よりも楽になった。

部屋の中も見渡せるようになった。そしてさっきの質問が、いかにも間抜けなものだったと悟った。部屋にはもうひとりいたからだ。母が。

ラシィ・クルティはその女の後ろから、心配そうにマイルをのぞいていた。

「いくらなんでも手荒すぎるでしょう……」

非難を受けて、女は口をむすっと反論する。

「試すというのは、そういうことだ」

話の内容は分からなかったが。

誘拐犯と人質の会話ではない、というのは明らかだった。

（一番当たって欲しくないことが……真相なのか？）

頭痛がぶり返してくるが、そのほうがまだ良かった。また気絶してしまえれば。

女を通り越して、マイルは母親に呼びかけた。

「母さん……やっぱり、嘘だったのか？　誘拐されたっていうのも」

ではそこにいるのは《牙の塔》の魔術士かなにかか。

彼女を横目に見やって、母は深く息を吐いた。

「ごめんね。お芝居なの。でも、どうしても頼まれて……これがあなたのためにもいいと思って」

「そんなわけがない！」

拳を握って、ベッドを叩く。

ラシィはつらそうにあとを続けた。

「スカウトされたのよ。《十三使徒》に」

「それでこの街を出ていくのか、母さんは。みんなを置いて」

「…………」

マイルの言葉に、ラシィはゆっくり表情を変えた。眉根を寄せて、完全にこんがらがったように。

「わたしが誘われるわけないでしょ。母さんをなんだと思ってるの」

「え？」

「あなたよ。このマリア・フウォンさんが、あなたをメベレンストの魔術士同盟支部に呼びたいって。あなた……トトカンタはつまらないって、いつも言っているでしょ？」

隣の女を紹介する。その名前はなんの意味もなかったが。

マリアなる女は歯切れよく言ってきた。歯切れがよすぎて、牙でもありそうな口元だ。

「かなり有望そうな若者が所属もなくモグリになっていると、当地のスカウトが報告してきた。新生《十三使徒》はまだまだ急造でな。見込みのある者が欲しい。それで保護者に相談して、当方の基準で審査させてもらった」

中指、薬指、小指と三本立てて、次々に折っていく。

「選考に考慮したのは以下の三点。まず、事件解決を同盟に任せるような腰抜けは欲しくない。次に、どんな手であれ母親を見つけられない間抜けもいらない。今のところは一勝一敗ね。でも、どうせ肝心なのは最後のひとつよ」

最後、立てた小指を振りながら、

「来たい、と即答できないのなら縁がない」

「……………」

マリア・フウォンが待ったのは、十秒ほどだった。

口をつぐむマイルに肩を竦めて、背を向ける。

「アウトね。それじゃあ」

それだけで、足早に部屋を出ていった。

ふたりきりになると、ラシィはマイルの座る横に腰を下ろしてきた。怪我《けが》を見たかったらしい。反射的には大丈夫だと言うところだったが、踏みとどまって、大人しく頭を見せた。

その体勢でつぶやく。

「母さん。誤解させたようだけど」

お互いに顔は見えない。それでも傷に触れた母の手は心地よかった。

続ける。

「この街は退屈だし、好きじゃない。でも、だからって家族から離れる気もない」

「でもね、マイル」

複雑そうに母はうめいた。

「お願いだから、モグリだけはやめて……母さんが知っているものすごぉぉく気の毒な人に、あなた少し似てる気がするのよね。慌てん坊だし、口も悪いし」

「分かったよ」

　こんな距離で母と話したのは久しぶりだったが、存外、話しやすいものだったと思い出した。難しいことを認めるのも簡単になる。

「同盟の試験を受けるよ。魔術士同盟で働くかどうかは分からないけど」

「そう」

　母はようやくほっとしたように、ため息をついて、そして頭のたんこぶにキスをした。

　さすがにそこまでされると照れが出た。身体を離し、文句を言う。

「やめてくれよな。赤ん坊じゃないんだ」

「母さんにそんなこと言える子は、うちにはひとりもいないわよ」

　ぽんと鼻先を突いて、立ち上がる。

　マイルも立とうとすると、手を貸してくれた。

「さ、おうちに帰りましょう。エイミーもいるわよ。ケイトの晩ごはんは……あの子、もう少し炭水化物を増やしてくれないかしらね。毒じゃないんだから」

「それより、魔術士同盟へ話に行ったほうがよくない？　無事に解放されたって」

「そうねえ……じゃあ行ってこようかしら」

　と言う母に、マイルは提案した。

「俺が行くよ。母さんが帰らないと、エイミーぐずるだろ」

「あなた、怪我してるでしょ」

「大丈夫だよ。パリアにも話しておきたいことあるし」

「ふうん？」

疑わしげに、ラシィが訊いてくる。

「喧嘩なんかしないわよね？」

マイルは笑った。

「しないよ。もういい加減、子供じゃないし」

そこで別れて、マイルだけ魔術士同盟に向かった。

なんの変哲もない街の、変わり映えしない夜を歩く。変わり者が跋扈《ばっこ》し、暴れては街を壊して夢魔の貴族に退治される。そんなどうでもいい事件しか起こらない、平凡なところだ。だが家族がいる。

魔術士同盟の、彼が吹き飛ばしたロビーの見える入り口まで来て、建物を見上げた。

ふと思い出す。今朝、ここに呼び出された。呼び出したのはハーティア・アーレンフォードだった。いったいなんの用事だったのか、結局分からずじまいだった。

なんとなく想像する。根拠もないが。

マイルに正体を明かし、ブラックタイガーを継がせるつもりだったのではないかと。

そんな気がした。
だとしたら。そんな仕事も面白いかもしれないな、と。
また母親に怒られそうなことを、ついうっかり考えてしまった。

フィンランディ商会の、
約三十名と一匹の日常

1

〝荒野の揉《も》めごと解決いたします〟の標語を掲げるフィンランディ商会は、開拓地にぽつんと存在している。

そこは見た目ほど住みづらい場所ではない——地下水は豊富だし、山から吹き下ろす風で昼も涼しい。大型の獣も寄ってこない（これは、飼われている犬が時おり巨大化してのびのび散歩を楽しむからではないかと思われる）。そして、キルスタンウッズの輸送馬車隊の主要経路が近くを通っている。キルスタンウッズは以前ほど凶暴なギャング団ではなくなり、街からの来訪者の主たる足にもなっている。

商会の業務内容は多岐にわたる。荒野に揉めごとは無数にあった。原大陸の情勢は落ち着いたが、なればこそ開拓事業が再開してトラブルは増えていた。

フィンランディ商会の評判はつかみどころがない。

名声も悪名も等しく轟《とどろ》いている。

ただ言えるのは、これが原大陸で最強の戦力を誇る家族経営だということだった。

専務取締役。

オーフェン・フィンランディの意識は既に飛んでいた。

会議はもう四時間にもなる。会議室……と名付けられた食堂は、キルスタンウッズの御者たちも利用できるよう、レストラン相当の設備を用意しており、暇を持て余した社長が腕を振るう。

午前から続く会議は食事休憩を挟んで、今はただただ停滞の我慢比べとなっている。雑多で無駄な議題がえんえん続き、そして最後に出てきたのが、また面倒くさい不穏さをはらんでいた。

厨房《ちゆうぼう》からは洗い物の音が聞こえている。

それだけではなく、場は静かではない。最も頻繁に発言しているのは彼女だ。

暴力対策部長。

エッジ・フィンランディはテーブルに手を突いてのしかかっている。自分の身体を大きく見せようとしているのか。彼女らしく、動物レベルの発想だ。さっきからずっと激しくまくしたてていた。

「現実逃避してないでよ、父さん！　重大な問題よ！」

「………………」

オーフェンは答えなかった。というより、我に返るのに少し時間がかかった。

はっとして、頭の中にある、架空の人生指南者ステテコブラ・マッチョウィル先生との面会室から現世に帰還する。こんな会議中にはちょくちょく受診することになっていた。

「あ、ああ。ちゃんと聞いてるだろ」

「聞いてなかったでしょ。わたしがなんて言ったか答えてみてよ」

かりかりと、子犬の皮でも剥ぎそうな愛娘《まなむすめ》の怒りにさらされ、オーフェンはため息をつく。

「だから分かってるって。人を試そうとするな、己の上腕二頭筋だけを試せ、とマッチョウィル先生は仰《おっしゃ》ってたぞ」

「聞いてないじゃない！」

「マッチョウィル先生は人格者だ。いつだって正しい。座右の銘は『さあ飲め。錠剤の種類は気にするな』」

「真面目に聞いてよね……」

打ちのめされたように、エッジ。くたくたと椅子に腰をもどした。

「本当だよぉ。エッジをからかったって解決しないんだから」

と、横から発言したのは……

経理部長。

ラッツベイン・フィンランディだ。

彼女の前には書類の束が並べられている。フィンランディ商会が発足してまだ半年も経っていないが、業務の幅が広がるにつれ管理するデータの量は莫大《ばくだい》になっていた。

そのうちのひとつ、彼女が常に携帯しているピンクの鶏のノート——通称、お姉ちゃんのなんでも帖《ちょう》——を確認しながら、ラッツベインはしかめっ面をした。

「やられたよー。会社のお金、誰かが盗んでった。一晩中探し回ったけどどこにもなし。一晩中。ねむいよ！」

盗難よりもそっちが重罪だとでも言いたげだった。

「あやしいのは……」

と、また別から発言が出た。

企画戦略室長。

ラチェット・フィンランディはその視線を標的に向けた。

死角からだったのだが気配を察して、はっとラッツベインが振り向く。

「なんで!?　なんでお姉ちゃん見るの!?」

「こういうのは言いだしっぺが怪しいの法則」

「怪しくないよ！　言いだしっぺでもないし！　わたし二か月も気づかなくて、人に言われてようやく分かったんだから！　全然問題ないよ！」

「それも問題でしょ」

エッジがつぶやく。

怒鳴り疲れたのかぐったりと椅子にもたれて。

「だから従業員を増やすのは反対だったのよ。しかもろくでもないのばっかり……」

「ってても、すねに疵《きず》のひとつもねえのが来るようなところでもないしなあ」

「社長がそれ言わないでよ」

「専務だよ。うちの社長はあっちだ」

と、厨房で食器を洗っている社長のほうを指さす。

複雑そうにエッジはうめいた。

「なんで母さんが社長なのよ。別に会社のことなんかやらないでしょ」

そう言われても、とオーフェンは肩を竦めた。

「仕方ねえだろ。重役会議で謀反を起こされたんだから」

「母さんの誕生日にあげた美容液、去年の空き瓶に水詰めただけってバレたからでしょ」

「だって、どうせ水だろ、あれ」

「なんで男の人って美容液と水の区別がつかないの」

「区別はついてる。桁ふたつ間違えた値札がついてるのが美容液だろ。小遣いで買えるかよ」

オーフェンは話をもどした。まあ、まるっきり無関係な話でもなかった。

「役員報酬据え置きにまでなってんのに、よく持ち出せるような金があったな。うちの金庫に」

「なくなったのは現金じゃないよ」

ラチェットに泣きついていたラッツベインが、くるりと顔を上げた。

「現金の引換票。キルスタンウッズに渡して、まとめて現金化する予定だったんだけど……」

「じゃあ、そんなもの盗んでも役に立たないだろ。引き換えたら足がつくし」

「まだ使われてないみたい。何年もして、ほとぼりが冷めた時に引き換えるつもりなのかもよ？」

「気の長い話だな……でも、その時にだって発覚すりゃ同じだろ」

「何年もしたら、こんな事件のこと覚えてないかもしれないじゃない。そこまで大きな額でもないし」

言いながら歯切れの悪さは感じているのか、釈然としない面持ちで、ラッツベイン。

逆にエッジは悪い目つきをますます鋭くした。

「別の目的があるのかも」

「なんの？」

「引換票があればフィンランディ商会の役員のふりができる。わたしたちの顔を知らない相手にはね。これを道具に、大規模な陰謀か乗っ取りの計画を画策して——」

「うちを乗っ取ってなにがしたいんだ？」

オーフェンが疑問を呈すと、エッジはますます目を輝かせる。

「もちろん！　究極の戦闘力を備えた魔術戦士を支配下に置けるのよ！　ラポワント市王、大統領邸、いえ全世界にだって脅威を及ぼすほどの凄まじい戦力をね！」

「……俺だったら、そんなもんを騙して手下にするのが賢いとはまったく思えないが。しかも人目のない開拓地で」

興奮した娘にそう告げて、オーフェンはラチェットに注意をもどした。

三女は本来なら、特にこんな犯人捜しの類は朝飯前に解決できてしまいそうな力の持ち主ではある。

視線の問いは察しただろう。が、ラチェットは無表情のまま首を左右に振った。

「なんにも分からないよ。相変わらず」

「……ふむ」

と言うのでは仕方ない。ラチェットは、あの合成人間に対して使った魔王術の代償で魔術能力が衰えたままだ——と、少なくとも当人は言い張っている。

真偽のほどは誰にも確かめようがない。自身にすら確かめられないのかもしれない。

どのみちあの戦いまでにこの娘が被っていた負担は、人格を崩していてもおかしくないものだった。回復に時間がかかるのは当然だし、生涯回復しなかったとしても、彼女自身むしろそれを望んでいるのかもしれない。

　取り留めもなくなって、オーフェンは頭をかいた。

「ぼんやりした話だな。得があるかすら不明、目的もピンとこない、なんだか分からないコソ泥が、存在してるってことについてだけははっきりしている？」

「犯人を突き止めるのはわたしに任せてくれるわよね、父さん？」

　エッジが食いついてきた。またテーブルに身を乗り出し、拳を掲げて。

「全従業員をぶちのめして、すぐ聞き出してやるわよ」

「やめてよー。ギスギスするじゃん。社員の苦情受付になってるの、わたしなんだから。そんな業務じゃないはずなのに。この前の大暴れの代償で、金曜日に加えて水曜日もパイカウンター置く約束させられて、食堂の予算が今月も超過しちゃったんだからね」

「不心得な社員をほうっておけば、赤字なんてそれどころじゃ済まないでしょ⁉」

　止めようとした姉に、エッジが怒鳴り返す。

　ラッツベインはうんざりと顔をしかめた。

「変な関節技で負傷した従業員のお詫《わ》び休暇と通院代で、十分にそれどころよー」

「あんなもの、絶対ただのふりよ。わたしが魔術で治してやったのに、まだ痛い気がするっておかしいでしょ」

「あなたが治した術っていうのが、ふりだったでしょ。構成編んでないの見えてたよ」

「あんな軽い怪我、魔術で治すほうが危険よ。どっちみち！　インチキなの！　あんな奴の言うことは！」

「まったくもうー……」

頭を抱えた長女に、オーフェンは訊ねた。ぼんやり疑問に感じていたのだが。

「気づかなかったってのは、なんで分かったんだ？」

「え？」

ラッツベインがきょとんとまばたきする。

伝わらなかったようなので言い直す。

「二か月気づかなかったってのは、なんで言えるんだ？　チェックしていなかったんなら、盗まれたのはつい最近かもしれないだろ」

「金庫が開いたのが二か月ぶりだもの」

「そうなのか？」

「え。うん。まあ、そう……だけど……そこ気にする？」

訊かれてラッツベインは、ごにょりと口ごもって目を逸らした。

ラチェットが半眼で言ってくる。

「姉が馬鹿をやって、鍵を中に入れたまま扉閉めちゃったの。馬鹿だからだと思う」

「馬鹿って二回言った！　うち一回は明らかに必要ないのに！」

「修理できる人が、ようやく一昨日来たの。馬鹿な姉が内緒で手配しようとしたからこんなに手間取った。で、馬鹿な金庫を開けたら……」

「罪のない金庫まで巻き込んだ！　ただの鉄なのに！　どうして⁉」

ゆさゆさと妹を揺さぶる姉と、揺さぶられながら姉の顔面を押しのけようとする妹だが。

その長女のほうに、さすがにやや冷えた心地で問いただす。

「まさかお前、それで役員の給料ストップさせてたのか？」

「うーん……まあ、そう……」

非難を感じてか、妹を揺する手をゆっくりはなし、しょぼんと小さくなっていく。横からラチェットに『馬鹿見本』と書かれた紙をぺたりと貼られた。

別にいつものことなので気にしても仕方ない。オーフェンは馬鹿な娘ふたりには構わず、馬鹿な次女を見やった。

「従業員への暴行・監禁・尋問は禁止。そう決まったろ？」

「じゃあどうやってしつけるのよ」

「お前も下っ端じゃなくて人の上に立ったんだから、少しはものを考えろよ」

「ものを考えてるなんて知られたらナメられるじゃない」

「お前の根本的な対人能力はなに基準なんだよ」

「……今さら言う」

今度は『圧迫上司』と書いた紙を用意しつつ、ラチェットがぼやく。

エッジは睨んで、それを貼るのを牽制してから。

「父さんだってナメられたあげく、裏切られたでしょ。あの軽薄どもふたりに」

「師匠は軽薄じゃないわよう。クレイリーさんも……まあ師匠ほどじゃないでしょ」

弱々しくラッツベインが口を挟んだ。紙を剥がしたが、そこにすかさずラチェットが『師匠コン』と書いたのを貼りつける。ラッツベインはそれを見てムッと口を尖らせたが、反論は諦めたようだった。

「とにかく、父さん。この件はわたしに一任してよ。犯人なんてすぐ締め上げないと、図に乗ってどんどんつけこんでくるんだから」

返事など待つまでもないというのか、席を立って入り口まで歩きながら、エッジ。こちらに背を向けたせいで既に背中に『暴走無残』という貼り紙がしてあるのが見えた。彼女からは見えないよう、ラチェットが淡白なガッツポーズを取っている。

オーフェンはとりあえず顎を撫でて間をあけた。

正解のない三つの選択肢がある。

暴力対策部長か、経理部長か、企画戦略室長。この三人のうち、誰に任せれば面倒な厄介ごとを解決できるか。

三人全員に協力してもらって……という線はない。三人のうちふたりにというのはもっと悪い。誰かひとりも良くはないが、まだ一番マシだ。

暴力対策部長は迅速だ。恐らく、怪しそうな相手を片っ端からぶちのめして白状させようとするだろう。言うまでもないが犯人は恐らくひとりで、最終的にそいつを捕まえられたとしてもそれまでに無実の人間を多数犠牲にする。

経理部長はもう少し慎重だろう。あのお、えっとおと遠まわしに質問して回り、もしかしたら誰ひとり調査に気づかせすらしないかもしれない。犯人当人にも気づかれない可能性すらある。質問のピントが外れていて。そしていずれ、事件自体が忘却の彼方《かなた》に消えていくのだろう。

企画戦略室長。この三人の中では一番適任だ。だがまだ若い……というより学生の歳だ。役員といっても特に実権もなく、アルバイトと変わらない給料で、友人ふたりと新事業の立ち上げという建前の万年会議をやっている。実質の仕事はキルスタンウッズとの連絡役だ。従業員らは、この子に質問されても気分よく応じはしないだろう。

本当にどれにも正解がない。こんな時、頭にちらつくのは悪魔の選択だ――自分でやるか、という。

仮にそれが正解だとしても、組織では最も忌むべき選択だった。

……と、マッチョウィル先生も言っていた。と思う。

オーフェンは、長い長いため息をついた。三人の娘たち、いや会社重役たちを見回して。

「誰にもやらせない」

「父さん⁉」

エッジのみならず、ラッツベインもラチェットも不服そうに声をあげた。別にやりたくて仕方ないというよりも、不信と感じたのだろう。

手を上げてオーフェンは反駁《はんばく》をいったん制した。

「まあ待てよ。この件については、ここにいる誰も適任じゃない。疑われてる従業員の身になって考えてみろよ。お前らだって容疑者のはずだろ。俺もな」

「まあ……ねえ」

不承不承、ラッツベインが同意する。

娘たちが攪乱《かくらん》されているうちに、オーフェンは畳みかけて結論を告げた。

「だから、我が社の保安部長を任命してすべてを任せる」

「……誰？」

眉間にしわを寄せてエッジが訊いてくる。

オーフェンは窓の外を指さしながらつぶやいた。

「慌てて崖から飛ぶより先に、まずは翼を支える風を吹かせろ、だ」

「マッチョウィル先生の言葉？」

ラッツベインの問いには、別に誰でもいいだろ、と答えた。

2

フィンランディ商会の保安部長として任命されたレキは、とりあえず事態は理解した。いきなりの家畜から重役への抜擢《ばってき》を光栄には思ったので、軽くワンと鳴いた。これはクリーオウ・フィンランディにはいささかショックだったらしい。前に鳴いた時との落差はなに、とこぼしていた。

一応、社長への敬意を示したつもりだったのだが。

この会社については、実は結構詳しく把握している。基本的にどこでも出入りが自由であるし、みな、レキ相手には平気で秘密や愚痴を暴露するからだ。なんでかよく分からないが。他人の考えることが理解できないとでも思っているのだろうか？

ただ現金引換票についてはなにも知らなかった。金庫が開けられなくなっていたのは知っていた。魔術でも開けられない高度な鍵だ。相応に高度な術であれば別だろうが、逆にそこまでするのに見合う中身だったかというと微妙だろう。金庫そのもののほうが高価なくらいで、したがってラッツベインも（馬鹿なのに）破壊して中身を取り出そうとはしなかった。

フィンランディ商会の従業員はだいたい三十名ほど。魔術士が多いが、少々毛色の異なる者もいないではない。フィンランディ商会は基本的に同族経営だが、家族ではない重役もいるにはいる。出向という形で社員になっている者もいる。なんのためにいるんだかよく分からない者もいる。

会社は荒野の入り口にある。

キルスタンウッズが新たに進出する開拓地、北西経路への集積地から半日といった距離だ。レキの足なら、そんな馬車などよりもっと早い。

ラポワント市や従来の開拓村からは離れ、この崩壊世界の魔王はまた新天地を目指したわけだ。どこまで行くつもりなのかは知らないが、面倒くさい人だなあとは思う。レキとしては、広い場所を何処までも走れるし、身体をどのサイズにしてもいちいち驚かれたりもしないので楽だが（いや、後者については少し残念でもある）。

土地だけはいくらでもあるので、会社はかなり広い。まずフィンランディ家の自宅があり、もうひとつ会社の寮がある。馬はいないが納屋に馬車だけはある――いざという時、レキに引かせるつもりらしい。勘弁して欲しい。

　社屋はそれと別にある。大きな看板を掲げている。開拓地の誰もが心に刻んでいる文句、『荒野の揉めごと解決いたします』だ。遠くからでも見える。ここを通るのはほぼすべてキルスタンウッズの馬車隊だが、依頼は必ずしもキルスタンウッズとは限らない。街から人が来ることもある。開拓村からの頼みごとはかなり多い。その場合、隣村とのトラブルが主になるので、両方から対立した依頼が来ることもある。

　どんな頼みごとでも承る。依頼に応じて人材を選んで解決に当たらせる。人手は足りないので、魔王が出向くこともよくあった。

　レキは中庭を歩いてから社屋の屋根に飛び乗り、散歩コースを眺めた。天気がいい。沼でナマズをからかう楽しみは、今日はおあずけだろう。だが、仕方がない。それが仕事だ。やりがいは常にない場所からひねり出す。成功報酬と福利厚生について、一切話に出てこなかったのが不安の種だが。

3

暴力対策部が、暴力に対策する部署なのか、暴力で対策する部署なのか、いまだ解釈ははっきりしていない。ただどちらにせよ、エッジ・フィンランディの見解は「暴力には暴力で対策するわけでしょ」なので同じことのようだ。

レキが見た限り、最も利益をあげているのはこの部署だ。開拓地における利害対立が、最もありふれた問題であるとまでは言えないが、かなり多いことに加え、問題の解決が早いというのがなによりの理由だった。暴力対策部には部長のエッジ・フィンランディとそのアシスタント二名が属し、依頼を受ければ派遣され、なにかしら吹っ飛ばして帰ってくる。

この部には魔術士しかいない。エッジに言わせれば、ひとりで十分だそうだが。旅の雑用と、顧客との相談役、なにより短絡的な彼女のお目付け役として、魔王はふたりの助手を必ず同行させるという約束をさせた。さもないと地下牢につなぐ、と言っていた。本気だった。

「……納得いかないわよ」

静かだったオフィスでふと、エッジがつぶやく。

目つきを鋭くしてデスクの上で鉛筆を曲げた。へし折りはしない。彼女の目の前にはボードが置いてある。

『備品を壊さなかった日。連続〇日更新中』

日数のところは書き直せるようになっている。今日のところは三日だった。

というわけでエッジのデスクにある鉛筆やペン、文房具はだいたいが微妙に曲がっている。このボードを置いたのは従業員のアイデアだが、これはどちらかというと彼女に忍耐というより、絶妙の力加減を身に着けさせただけのようだった。

アシスタントふたりの、似たような顔の表情を見るに、これは既に何度目かのつぶやきであるらしかった。そして、何度も無視されているというのも分かる。

……似たような顔というのは偶然ではない。そのふたりは親子だったからだ。遺伝的に相似している。エッジと同じく元戦術騎士団の魔術戦士、ビーリーとスティング・ライトだった。

この人事というのは、傍から見ればかなり歪《いびつ》で不自然だ。そして単純に意外だ。会社のことはほとんど関心のなかったレキですら（沼にウナギが棲息《せいそく》しているのを発見したのだ）、ふとこの親子がフィンランディ商会に雇われていた時には驚いた。

スティング親子がラポワント市の市王戦術魔術士団に残らなかったのは、明らかに比較の問題だったのだろう。彼らは魔王に反感を持っていた側のはずだが、再構築されつつある魔術士社会の新たな長となったクレイリーに対する反感よりかは幾分かマシと考えたようだ。ただ、それでもあえて辺鄙《へんぴ》な地のなんでも屋に就職するよりも待遇のいい仕事はいくらでもあったはずで、魔王のもとを訪ねた理由はなんらかの複雑な心境を想像するしかない。

……あるいは、戦術騎士団の地位を失墜させた魔王への心底からの恨みから、商売に打撃を与えるつもりがない、とも言い切れない。

「…………」

ビーリー・ライトは黙っていたが、十数秒後にようやく、根負けして声をあげた。

「なんでこの犬は、じっとわたしを睨んでいるのかな」

訊ねた相手は息子のスティングだったのだろうが、答えたのはエッジだった。

「だから言ったでしょう。それが今回の事件を捜査する全権を任されてるの。保安部長としてね」

「重役……」

ぽつりと少々重たげに、スティングがうめく。

レキは親子ふたりのデスク（並んでいる）の上を行ったり来たりしながら、視線だけは両者から逸らさなかった。あと、それ呼ばわりしたエッジに後ろ足で砂をかけるしぐさもしておいた。彼女は気づかなかったようだが。

「こうちょ――いや、専務は正気なんですかね」

スティングが言葉を続ける。

ふむ、とビーリーは首を傾げる。

「はっきり言って、それは原大陸の開拓史につきまとう永遠の謎だな」

「ちょっと。そういう言い方はやめて。父さんがいなかった場合の原大陸の姿、想像できる?」

エッジが釘《くぎ》を刺すが、彼は了解の手つきだけをして同意は避けた。

代わりにというわけでもないだろうがスティングが話をもどす。

「こればっかりはさすがにアクロバット過ぎるというか」

と、レキを見返してくる。

それなりに考えて、自分に理解できる解釈を当てはめようとしたようだ。人間はよくそういう考え方をする。

「責任回避のためかな?　犯人捜しは諦めて……あっ」

無礼なことを言ったので、デスクからインク壺《つぼ》を落としてやった。しかも尻尾が偶然触れたせいに見せかけた完全犯罪だ。

「あーあーもう……モップ持ってこないと。まったくもう犬はこれだから」

……逆に相手に正当性を与えてしまった感もあるが。尻尾のせいだから無罪という世界共通の基本ルールを、人間は分かっていないことが多い。

インクがこぼれた床を飛び越えてスティングが部屋を出ていくと、それをきっかけにビーリーが言い出した。

「そういえば、次の派遣ですが」

「ええ」

「わたしは外して、ふたりで行っていただけませんか」

「え？　なんで」

怪訝《けげん》そうに、エッジ。

ビーリーは真顔できっぱり返答した。

「重要なデートがあるので」

「えっ」

エッジが凍りつく。

相手のことなど構いもせずに、ビーリーはすらすら続けた。

「デートクラブからの連絡で、来週、ついにAランクの相手とのデート予定が成立したとのことで、決して外すことができません」

「ちょ、ちょっと待って」

いろいろ混乱しながらエッジは、ひとまず一番引っかかる言葉を探したようだった。

「デートクラブってなに」

「有志が登録し、それぞれの好みとランクに応じてマッチングを行う業者です。わたしは会員登録五年目の累積ポイントでついにBプラスになり、Aランクへの昇格も検討されています。戦術騎士団の崩壊によって一時無職となったことから降格も危ぶまれましたが――」

「待って。また待って」

　余計に泡を食って、エッジは制止した。頭を抱えてつぶやく。

「なに。その嫌味なクラブ」

「極めて合理的だと思いますが」

「合理的だから嫌なんでしょ。そんなのに入ってたの？　ずっと前から？」

「別に隠していたわけでもないですが。あれの母を亡くしてから、次を手配せねばなにかと不便と考えていたので」

　と、廊下のほうを指さして言う。

　スティングがもどるより先にこの会話を終わらせたがっているのは明らかだったが、エッジはどうしても訊かずにいられないようだった。ふらふらと、爪など噛みながら、

「あの……えっと。仕事の話じゃないと思うので普通に話しますね。ビーリーさん。一応訊きますけど、変なクラブじゃないですよね？　つまりその……いま話した以上のなんかがあるような……非合法というか……」

「特に違法性はないと考えています」

　こちらは飽くまで部下として話に応じている。エッジはさらにうめいた。

「あの、普通に出会いを探すんじゃ駄目なんですか？　大きなお世話だとは思いますけ

ど……」

「通常の出会いでは、Aランクの女性とはまず予定が成立しません」

「Aランクってなんですか？」

「胸囲が90以上で……」

「そこから!?」

「もちろん会員によって重視する要点は異なります。ただ、誤解なきよう。別段いやらしい意味合いで胸囲のスペックを求めているのではありません。そんなものは所詮、枕で代用できます。純然たる対外的な見栄のためです」

「枕をなにに使う——いや、純然たるってもうそれ逆に怖い——ええと……」

いっぺんに無数のつっこみどころを与えられ、エッジはますます混乱の深みにはまっていく。

そこでようやく、スティングがもどってきた。モップとバケツを抱えて。

エッジはほっと、息をついた。が。

「あ、水汲《く》んでなかった」

バケツが空だったと気づいてスティングがまた出ていく。エッジがすがるように腕を上げたのだが察しなかった。

二秒ほど待ってからビーリーが話を再開した。

「通常の出会いとの比較で言うと、通常の出会いなるものにかかるコストが理論上無制限であるのに対しデートクラブは定額であるため極めてリーズナブルです。性癖、性交への積極性といった裏データの有用性もあり、ちなみに来週の彼女はコンデンスミルクを特定の部位に――」

「ぎゃあああ！」

ついにエッジが悲鳴をあげた。

「あ、あの！　わたし、特にあなたとはそういう話をしたくないっていうか……」

「有給の申請をしているわけですから、理由は聞いておくべきかと思ったのですが」

「いえ！　有給に理由なんていりません！　いるものじゃないですし！」

かなり嫌そうに、エッジは首を振る。

「そうですか」

とだけ言って、あとは書類仕事にもどったビーリーの澄ました横顔を見て。

レキはデスクから飛び降りた。そのままオフィスを出ていく。

鉛筆を曲げる力加減を覚えさせられただけでもないのかもしれない。ビーリーは若すぎる上司を教育している。長く働くつもりでそうしているのなら、どうでもいい額の盗難にかかわる可能性は低いように思えた。

4

経理部は会社の受付も兼ね、玄関からすぐの場所にカウンターを置いて、そこをオフィスにしている。所属しているのはふたりだ。

部長のラッツベインはとにかく数字に弱く、ほぼ受付係もしくは留守番だとみなされている。これは当人にも自覚があるようだ。他所の部署（たとえば暴力対策部だ）の人手が足りない時は、外の仕事に駆り出されることもある。これは専務も同様で、実際のところそうしているほうが多かった。

ただラッツベインは、なるべくこのオフィスにいたほうが幸せと感じているようだった。

「わたしねー、職場恋愛ってあると思うのー」

ペーパーワークの手を止めて、突如、夢見るように語り始める。

「恋って空気よねえ。同じ場所にいると、いつの間にか共有してるの。ところでそれって、幼馴染《おさななじみ》もそうだよね？」

独り言ではない。

ないのだが、相手が完全に無視しようとしていたので、独り言と変わりなかった。ラッツベインは指を組んできらきら虚空を眺めている。

その向かいでは黙々と、もうひとりの経理担当者が仕事を続けている。複雑な計算尺を使って集中を要する計算をしているようだった。

とはいえ小さな会社の経理などにそんな関数用の計算機が必要だろうか。レキは疑っていた。これは単に、彼が話を聞き流す方便のために用意しただけではないか。

彼が無視している間にも、ラッツベインはめげずに夢見る空気を放出し続けたが、さすがに十七分を過ぎる頃に疲れが出始めた。やがて下唇が震え出し、目が潤んできたところで男のほうの心が折れた。

ゆっくり慎重に、返答する。

「……そういう説はあるだろうね」

「そうでしょ⁉」

ぐんと復活して、ラッツベインが畳みかけた。

「やっぱりおんなじこと考えてたんだねえ。ねえ、外に行って木陰でお話ししない？　テーマはね、ふたりの思い出を百個思い出して順位づけしよう！」

「……決して忘れられないのは、君がいきなり『かわいいワニを飼うプールを作ろう』と言い出して、うちを水没させたあげく、本当に何処からかワニを連れてきていたのが判明したあの瞬間かな」

「あ、それ何位かな！」

「ワニは六頭いた。六頭。なのに五頭しか捕まらなかった。夜ごと、なにかが這いずるような物音を聞いては怯えて暮らした……」

会話は噛み合わないまま、各々勝手にしゃべり続けている。

生まれたばかりの頃からふたりを見てきた者として、レキはとっくにこう判断している――このふたりは絶対に駄目だし、成立することはあり得ない。ラッツベイン・フィンランディとヴィクトール・マギー・ハウザーは。

幼馴染であるのは本当だ。開拓初期に一緒に育った。幼い頃はまだしも、どうにかなっていたと思う。ヴィクトールは開拓団を率いるマギー・ハウザーの息子とはいえ、まだ大統領の息子というわけではなかった。そしてラッツベインはまだ魔術士ではなかったし、魔王の娘でもなかった。

ラッツベインにとって年上で、子供の頃から頭がよくリーダーシップを発揮していたヴィクトールはヒーローだった。事実、ヴィクトールは誰もが認める有能な若者だ。現在は大統領邸から貸し出されたという形でフィンランディ商会に勤めている。社外の人間だというのにほとんどひとりで経理をやっている。

ヴィクトールから見たラッツベインは、すべてにおいて正反対だ。なにひとつ噛み合わない。

ふたりだけの問題というわけでもなかった。

なにしろ、原大陸の魔王と、最大の権力者のひとりとの娘と息子だ。なにがどれくらい偉いのか、レキはあまり興味がないが。この両者の関係を本気で、導火線の見えない爆弾のように恐れおののいている政治屋もかなりいるようだ――普通に考えれば爆発するようには見えない。が、もしかしたら爆発寸前なのかもしれない。

にこにこと機嫌よく、ラッツベインはしなを作ってみせた。

「あの時は大変だったけど、楽しかったよね。ワニがぐるぐるって円になって泳ぐの、可愛《かわい》かったし」

「逃げ場もない水浸しの地下室で、ワニに取り囲まれて。だんだんと輪が狭まってくるのを見ていた。奴ら、片側だけの目でずっとこっちを見てた……噛む牙も片側だけなんだろうかと、そんなことをぼくは思ってた」

「手と脚なんだよね、ワニが可愛いのって。ほら、横向きに生えてる感じ。それで胴体が丸くて。不格好なんだけど――あ、ワニさんごめんね――それがもんのすごく素早いんだから可笑《おか》しいよね！　ゼンマイ入ってるみたいで」

「奴らは殺戮《さつりく》の機械だ……なにが恐ろしいって、なにも考えてないことだ。恐怖のすべてを兼ね備えている悪霊だ。誰かに似ている……」

「もう昼過ぎちゃったけど、本当はランチを外で食べたかったんだ。会議が長引いちゃったから……あ、これすごく仕事してる人っぽいよね！」

「会議か……ほんのひと時の平和……静かだった……」

「ねえ、聞いた？　例の話。うちの犬が保安部長になったの」

と、ラッツベインはこちらを指さした。

カウンターに飛び乗ってふたりを観察しているレキを。

ヴィクトールも手を止めた。そして初めて、会話らしい会話を成立させた。

「君の父親は、本当に変わったことを考えるね」

尊敬でも嫌悪でもなく、ただ不可解という顔だった。

んー、とラッツベインが言葉を探す。

「ヴィーのお父さんも相当だと思うけど」

「うわ。びっくりした。なにその名前——いや、ええと、いい。なんと呼ぼうが」

またラッツベインが瞳に星を宿して、考えた名前について語ろうとし始めたところをヴィクトールが止める。

少しむくれながらも彼女は話をもどした。

「ニューホープの浄化計画を立てたんでしょ？　大統領邸は」

ぴく、とヴィクトールが反応する。ラッツベインはうまいところを突いた。彼はこの話題に目がない。話したくてたまらないのだが、聞いてくれる者はほとんどいなかった。

結局、魅力に負けた。説明を始める。

「大統領邸は施政方針として、百年後に結ぶ成果を掲げた。あの騒動が教えてくれたのは、原大陸はまだ良薬を飲めるほど大人じゃないってことだ。民衆はサルア王家を歓迎した。もちろん、サルア・ソリュードは悪い支配者じゃない。でもカーロッタ・マウセンと大差あるわけでもない」

すらすらと語る彼を、ラッツベインは向かいから頬杖《ほおづえ》をついてうっとり見つめている。

「でも、ラポワント市には師匠もいるから大丈夫じゃない？」

「マジクおじさ――いや、ブラディ・バースが積極的に市政を監視してくれるとは思えないな」

「ん？　そんなの師匠には無理だよ。でもね、なんか師匠が近くにいると空気がもっさりするんだよね。かび臭くなるっていうか。だからたぶん、サルアさんもこう思うよ。政治がどうとかいうより、こいつなんとかしなきゃって」

原大陸全体の戦略図と近所づきあいとの話が入り混じって、混沌とする。

ヴィクトールがやりにくく感じているのはこれもあるのだろう。ラッツベインと話をしていると、自分を政治家の立場に置き続けることが難しくなる。

咳払《せきばら》いしてヴィクトールは立ち位置を直した。

「サルア市王はブラディ・バースを身近に置いて、クレイリー・ベルムの市王戦術魔術士団との距離感を調整している。市民からの徴用軍は解散したけれど派遣警察隊は残っているし、大統領邸の軍警察にも迫る戦力に増強した。彼自身に野望があるとは思わないけど市政を安定させるため開拓村への威圧が必要になれば、それこそカーロッタと同じく十年もしたら暴走するかもしれない」

「うちの依頼にも、村同士のトラブルほどじゃないけど、街との調停も増えてるねえ」

「そう。大統領が君の父親に求めるのはそういうことだよ。その役目でぼくが寄越《よこ》された……なんでか、経理漬けにされてるけど……」

愚痴が混ざりかけてから、彼はかぶりを振って話を立て直した。

「甘い餌を鼻先に投げられると、どうしたって大衆は弱いよ。大統領制の本義を広めるのは一両日中には無理だ。我慢を重ねるしかない。だから、百年後だ」

「それが、ニューホープ再建？」

「アキュミレイション・ポイントと大統領邸にとっては長年の悲願だった。それに内陸をラポワント市に押さえられているから発展の方向性を示すのはこれしかないっていうのもある。港湾の近くに都市が再建されるのは単純に大きな利益だしね」

ヴィクトールは得意げに手を振った。

ラッツベインは小首を傾げる。

「でもまだ、計画でしょ？」

「魔術士の助けがなければ、立ち行かないし――」

「ヴィーには魔術士が必要なんだね！」

ぐいと身を乗り出して食いつくが、ヴィクトールは即座に告げた。

「クレイリー・ベルムと接触していかざるを得ない。ニューホープ浄化には魔術士の総力が必要だろうからね。魔術士だけじゃないが」

「……クレイリーさんは、まだ父さんのこと怒ってる？」

不意にラッツベインのトーンが変わったせいか、ヴィクトールは顔を上げた。彼女の言っている内容も奇妙といえば奇妙だが。

「怒る？」

「魔術士がこれから一番大変だっていう時に、父さんは役目から下りちゃって」

ラッツベインは本気で言っているようだった。

「その発想はなかったな」

彼は苦笑した。

「クレイリーは明らかに望んで地位についたんだろうし、一番大変だった時期、開拓時代から先日の戦いまで全責任を負ってきたのは君の父親じゃないか」

「でもそんなの、済んじゃったでしょ。一番大変なのはいつもこれからだよ」

「……そうかもね」

ヴィクトールがうなずいた。

ほとんど唯一の賛同だったが。

やはりそこを見逃さず、ラッツベインは目を輝かせた。

「でしょ！　だからこれからを考えないと。わたしたちの――」

「ぼくらの間にはまったくなにもない。これまでも、これからも」

「えー」

また下唇を噛んで引っ込んでいく。

しかしヴィクトールは、今度はそれほど冷たくはなかった。仕方なさそうに嘆息して、つぶやく。

「関係を考えるというのはね、大事かもしれない。ぼくらのというか……新しい社会全体のね」

「んー？」

ラッツベインはどう見てもそんな大きな話は望んでいなかったが、邪魔もしなかった。

「勝者を出さずに戦いを終えた弊害と、救いと、両方を踏まえてね。君の父親は原大陸をまとめる支配者を生むのを回避した。ぼくらも混乱させられたけど」

「父さんがやったんじゃないよ。革命闘士がやったの」

考えながらラッツベインが否定する。つまるところあの戦いとやらは、カーロッタという女が始めて彼女の手下であったはぐれ革命闘士が終わらせた。

キエサルヒマからの攻撃もあり、原大陸を統一する強力な体制が望まれている。現状で最もそれに近い、原大陸の王はサルア・ソリュード市王ということになる。が、彼にしても開拓村や大統領邸を屈服させるほどの力は手に入れ損ねた。

それは大統領も同様であるし、魔王もであるし、もちろんカーロッタもだ。誰かが勝利すればそうなった。だがサルア市王と大統領邸はなにもできず、魔王はカーロッタに敗れてローグタウンと魔術士社会の長たる地位を追われ、カーロッタは死んで革命闘士勢力も力を失い瓦解した。

ヴィクトールもその場にはいたし、彼も分かっていたようだ。首肯して話を続けた。

「同じことだよ。彼はあの戦いでなにもしなかったんだ。ぼくら全員を下僕にして全世界を平定することも含めてね。彼が素直にカーロッタを倒し、サルアを暗殺すればそうなった」

一息つくようににっこりする。

「そんな超人的な英雄行為なんかにはびくともしない市民の強さが必要なんだ。これからは。易きに流れないようにね。大統領邸の取り組みはそれなんだよ……まあ母さんは、ぼくを大統領にしたいだけかもしれないけど。ぼくはできれば、それを回避できる人間でありたいと思っている。同じ理由で」

「でもやっぱり父さんを恨んでる人って多いでしょ」

「そりゃそうだろう。易きに流れないってそういうことだ。実際問題の懸念ももっともなんだよ。キエサルヒマの今後の出方は？　都市と開拓村の軋轢《あつれき》は？　魔王術の秘密がなくなったことでかえって枷《かせ》をなくしかねない魔術士たちの動向は？　他にもいくらでもあるし、どれも爆発すれば致命的だ。そんな時に、この僻地《へきち》で便利屋なんかやってたらなんの力も発揮できそうにない——でも、そうじゃないんだ。魔王でなくともそれを解決できていいし、そうあるべきなんだよ」

「……難しい話」

「君がそれを言うのは心外だ。君は恐らく、こんなこといちいち言葉にしなくても理解している。そういう風に見えた」

「わたしってね、ヴィーみたいには頭よくないし……家族でも一番ニブいから、そういう話になると別のことばっかり考え始めて……よく怒られるよ。今もちょっと、カタアシガニだっけタカアシガニだっけって思ってた」

「なんでカニのこと考えたのか理解はできないけど……」

　彼は呆れ半分、いやそのさらに半分程度だったか。こっそりと敬意も隠して、静かに続けた。

「多分、ぼくがこれから生涯を賭してやっていきたい仕事というのはね。君のような人を大統領にするための、地均《じなら》しなんだ」

「…………？」

ラッツベインはきょとんとするだけだったが。

ヴィクトールはそれ以上はなにも説明せず、ワニの件の恨みごとへともどっていった。

ふたりを置いて、レキはロビーを通り過ぎていった。まあもとより、このふたりについてはそれほど疑っていない。不正をするならもっと完全に隠蔽できる立場であるし、それができないほどの間抜けなら、そもそも不正など望むべくもない。

5

企画戦略室にいるのは三人の子供たちだ。

言わずと知れたラチェット・フィンランディに、ヒヨ・エグザクソン、あとサイアン・マギー・フェイズ。彼女らが小さなオフィスにテーブルと椅子を並べ、日がな一日無駄話をしている部署、というのが会社の認識だった。

もちろん遊ばせてばかりいるのでもなく、主要な役割はキルスタンウッズとの連絡係だ。これも別に交渉などを行うのでもなく、メッセージや予定表などを持っていく使い走りとみなされている。魔王の娘に、若いが腕の立つ術者であるヒヨ、そしてキルスタンウッズの新たなリーダーであるコンスタンスの息子という取り合わせは、まあそれなりに説得力はあり、魔王が思っているほどには社内の反感は買っていない（どちらかというと、経理部のヴィクトールのほうが胡散臭がられている）。

ただ社内の誰も分かっていないのは、実はこの三人がいないとこの会社はまったく立ち行かないということだった。

表立ってはいない。帳簿にも出てこない。あまり意図的でもないのかもしれない。やっているのは要するに、伝言や口約束の増量・減量だ。主にキルスタンウッズとの取引を勝手に調整、誘導している。

主導者はラチェットだ。

ラチェットの精神支配能力がほぼすべて失われているのは本当だ。ただ、彼女の魔術は元来が強力過ぎ、人格形成にも強く影響している。思考そのものが、言うなれば「魔術的」だった。これは自分の種族がそうであったので、想像ができる。

ラチェットは勘がいい。

彼女自身が望む時、凶器にもなり得るほどの鋭さだ。

そしてどうでもいい時。それを本当にどうでもよくできる鞘《さや》を、彼女はどうにか手に入れたのかもしれない。

「では、定例会議を始めます」

「うん」

「はい」

ラチェットがひとりで中央に、そしてそれと向かい合う形でテーブルの対面に、ヒヨとサイアンが並ぶ。

室長のラチェットが開会を宣言すると、ふたりがそれぞれ賛同の声をあげた。こうして企画戦略室の仕事が始まる。

各々の前に置いてある会議用資料に目を落としながら、ラチェットは続けた。

「役に立たない役員会議のせいでこちらの仕事が遅れました。本日の議題は、耳たぶのたぶってなに？　です」

「たぶだと思います」

ヒヨが即答する。

ラチェットは目を半分閉じ、黙した。眼球を右に……左に。考える。

そして、また真顔にもどった。

「解決しました。では本日の業務を終了し――」

「待って、ラチェ」

サイアンが止める。

「それよりも前からずっと、ちゃんと話さないとって言ってるでしょ。あのこと、本当に報告しなくていいの？」

「……………」

またしばらく黙考して、ラチェットは議題を再開した。

「それでは次の議題は、猫の口のところは、あれはたぶですか？　です」

「違う。違うよ、ラチェ」

辛抱強く、サイアン。

「この前、母さんから言付かった秘密のあれだよ」

「サイアンがこの頃、かっこつけたパンツ自前で買ってはき始めたっていう話？」

「それも違う！　なんでそんなこと聞き出してんの！」

「お母さん、複雑な気持ちになったって」

「なるだろうよ！　ああ、なるだろうよ！」

ばんばんと机を叩いて、サイアンは声を荒らげた。

「そんなこと議題にしたがるわけないだろ。君の父さんにかかわることだよ！」

「若かった頃、キエサルヒマ随一の無能警官としてどつかれたり吹っ飛ばされたりしてたって話？」

「そんなわけの分からないことあるわけないだろ！　だから、オーフェンさんを狙ってる殺し屋がいるって話だよ！」

「ああ、それか」

さほど関心ない顔で、ラチェットはヒヨと目を合わせた。

次に壁の時計を見上げた。定時まではまだだいぶある……というのを確認したのだろう。別に時給で働いているわけでもないが、業務を早く終わらせたところでどうせこの三人で無駄話を続けるだけで、やることは変わらない。

「じゃあ殺し屋について話し合いたいと思います」

「殺し屋って誰なんですか？」

手を挙げて、ヒヨが質問する。ラチェットは首を左右に振った。

「分かりません」

「誰かが雇ったんですか？」

「不明です」

「いつ来るんですか？」

「情報がありません」

「どんな方法でなら校長先生を守れますか？」

「もう校長じゃないですが、まあ自分で守るのが一番確実そうですし、どうせ普段から警戒はしています」

そこまで言ってから、ラチェットとヒヨ、ふたり同時にサイアンを見やった。

「…………」

サイアンが言葉に詰まる。

ラチェットが視線を外して真顔にもどった。

「では業務を終えるのはやめて、次の議題、脱穀機って言いづらいよね、です」

「疑問形ですらないし」

狼狽えた様子で、サイアンは頭を抱えた。

「仮に手を打てないにしても、伝えないメリットはなんにもないだろ？」

「そうだね。ダッて促音の直後にコクキってカ行攻めなのは変えられない運命だけど……」

「その話じゃなくて！　なんでぼくの空気だけ執拗《しつよう》に読んでくれないの！」

「サイアンの空気読むとさ。わたしのことばっかり考えてて、正直鬱陶しいっていうか」

「なんで！　鬱陶しくないよ！　……じゃなくて、ええと」

なんの話だったかかなり見失いかけて、迷子になる前にサイアンは繰り返した。

「オーフェンさんを狙う殺し屋の噂をなんで口止めするのか、理由があるなら教えて欲しいんだよ。でないと本当、その話を聞いてから落ち着かなくて。寝付けないし、後ろ暗いし……」

「そのわりにはつやつやしている。背もむくむく伸びている。気持ち悪い男子の生命力……」

「雑巾で拭きたくなることあるよね、サイアンって」

ヒヨまで加わってひそひそ話（聞こえる）を始めると、サイアンは裏切りに傷ついた目を彼女に向ける。ヒヨがどちらに転ぶかが、この企画戦略室では常に鍵を握っている。

「なんでさ！　もっといい布で拭いてよ！」

「サイアン……布っていうのはいいも悪いもなくて、洗ったか洗わなかったかなのよ」

「雑巾はかなり後者寄りだよ！」

「そんなことないよ。雑巾より洗う布あんまないよ」

ふわふわと髪を揺らしながら、ヒヨが淡々と答える。

ヒヨの性格というのも掴みづらい。いつもラチェットと行動を共にして、わがままらしいことも言わないので使い魔症かなにかではないのかとラチェットが不安に思うのも分からないでもない。

ただしレキが見たところ、彼女は使い魔症というよりサイアンに意地悪がしたいだけだ。彼が率直にラチェットばかり優先するので、ヒヨの言動は彼に厳しくなる。

「気分の問題だよ……あ、ほら。オーフェンさんのことで気になってるのもこれだよ。言っておいたほうが、ぼくらが安心できるだろ。なにもせずにモヤモヤするのは誰だって嫌だよ」

「生粋のモヤ人間のくせに」

「寮がヴィクトールさんと同室になってから夜中に部屋抜け出して大木に全力体当たりするようになったよね」

「うん。まあ、あの人見てるだけでストレスが……ヴィジョンだのコンプライアンスだのウザい話ばっかりするし……」

「でもね、サイアン」

ラチェットは突如、きっぱりと言い切った。彼をじっと見つめながら。そっとうつむき加減に。

「そんなサイアンが、わたし好きだよ」

「………………」

サイアンを封殺したところで。

すぐに向き直って、ラチェットは改めた。

「さて、次の議題は、お札を上手に折ったら肖像の人を鬼にできるね？　です」

「騙されない騙されない。それ言われたら二時間黙ってたのは先週までのぼくだ」

ぶるぶる頭を振りながらサイアンがどうにか理性を取り戻したので、ラチェットは聞こえよがしに舌打ちした。

横でヒヨがにこにことつぶやく。

「そうやって、将来使えるかもしれない決め台詞《ぜりふ》がひとつひとつなくなっていくんだねー」

多少ひるみつつ、サイアンは食い下がった。

「前に比べるとオーフェンさんは無防備だろ。母さんも心配して――」

「無防備って？」

「ローグタウンでは魔術戦士に囲まれて暮らしてただろ」

「今もそうっちゃそうだし、殺し屋なんかからしてみたら今のほうが近寄りがたいんじゃないかな」

「なんで？」

「返り討ちにして裏庭に埋めても、魔術士社会だかなんだかへの影響とか考えなくてもよくなったから」

「うっ……」

「襲撃される可能性があるってなると、父さんは迎撃態勢を整えるよ。今は守るのが組織っていうより家族と身内だから。確度の高い情報でないなら伝えたくない」

「でも、それで放置してなにかあったら」

「情報の精度を上げるほうが父さんの助けになる。なんでもかんでも伝えればいいってものじゃないよ。だからコンスタンスさんには、引き続き噂集めを頼んでおいたでしょ。

あと変なパンツはいて調子こき始めた息子の凹《へこ》まし情報も」

「頼まないでよ！　あと別に変じゃないよ！」

最後の一言には反論したが、他には納得したようで、サイアンはようやく落ち着いた。

ラチェットが告げる。

「わたしはこの会社を、もっと実戦的な組織に鍛えるつもり。せっかく、やりたいことがやれそうな場所に来たんだし」

「やりたいこと……」

それについては質問しなかった。この話はずっと前から、三人の間では共有されている。

どん、とテーブルを軽く叩いてラチェットが宣言した。

「魔術がどうだとか、世界がうんたらとか、そんなくっだらないことに煩わされてる暇もないような、新しい秩序に生きる！　つまり！」

ヒヨが引き継いだ。のんびりした言い方で。

「普通な世の中に、ね」

ラチェットは深くうなずいた。

そして。

「では次の議題は、サイアンのかっこいいところを十分間ぶっ続けで話し続けよう、です」

「逆にやだよ！　すごく！　一言ずつくらいだったらちょっと欲しいけど」

「…………」

「…………」

「ひそひそ話で半笑いしながら言うのはやめてよ！」

わめく企画戦略室から――

というよりその外の窓の下から、レキは腹を上げると立ち去った。ここも特には疑ってはいなかったが、ラチェットの能力が回復していれば、余人に理解できない理由で行動することはあり得る。

その予兆は、少なくとも強くは感じなかった。とりあえず彼女は幸せそうでよかったと思った。

6

三姉妹を見て回って次なる標的は、魔王の血族から離れることになる。

といってもこのフィンランディ商会はほとんどが身内に近い人間の集まりだった。

支援労働部はこの会社で一番人数の多い部署だ。役割は暴力対策部と似ているが、こちらはトラブルの解決ではなく、作業的な手伝いを派遣する。地味といえば地味な仕事だ。


その部署を率いているのが……

支援労働部長。

エド・サンクタムはライト親子と同様、クレイリーの下では働けずにここに流れ着いた。息子のマキと一緒だ。

そのマキはエドと寮暮らしだが、この頃はさっきの三人よりも父の職場で手伝いをしていることが多いようだった。先の戦いの負傷で数か月ほどエドが伏せっていたので、その介護の延長だった。

他、従業員は八名。元戦術騎士団の魔術戦士が二名にそうではない魔術士が四名。あとのふたりは非魔術士で、もともとはキルスタンウッズの技術者だった。ただ、今は出払っていてエドとマキのふたりしかいない。長期の派遣が多くなるのもここの特徴だ。

とりあえず出張している従業員のことは後回しにするとして、残ったふたりを見ることにした。

十人分のスペースがあるオフィスでふたりしかいないと、余計に広く感じる。そこにレキが入っていくと、エドと目が合った。

レキにとっては、これは珍しいことではある。接近が察知されることはそうはない。

「ディープ・ドラゴンか……」

　という呼び方を、彼はする。

　世界の崩壊と引き換えに魔術能力を得た種族のことだが、それを捨てるために種族そのものが代償になった。他のドラゴン種族もほぼ同様の結末を迎えた。それでもなおこの呼ばれ方をされるのは不本意ではある。まだ犬のほうがいい。

　が、訂正させるほどのことでもない。レキはゆっくり部屋を巡ってから、デスクに飛び乗った。マキのすぐ近くだ。レキが寝そべると首を撫でてくる。

「保安部長になったって？」

　レキが返事をしないのは分かっているので、父親に訊いたのだろう。

　ああ、とエドがうなずく。

「まあ適任だな」

「そうなの？」

「人に嫌われようと意に介さない」

「父さんと変わらないんじゃないかな」

「まあ別に、俺でも構わなかったが。やりたいわけでもない」

　淡々と書類仕事をしている父に、マキがつぶやく。

「……本当は？」

「少しやりたかった」

暴力沙汰から遠ざかっているのが退屈なのか、そんな言い方だった。

と。オフィスに近づいてくる気配を察して、レキは片目を開けた。エドもまたペンを持つ手を止めたようだ。

　廊下を近づいてくる足音が聞こえてくる。ひとりではない。三人。そのうちふたりは男。ひとりは女。急ぎ足ではない。疲れているようだ。長距離を移動してきたのだろう。馬車が着く音は、もう少し前に聞こえてきていた……

　そこまで考えてから、ちらとエドのほうを探る。彼もこちらを見ていた。レキがどれくらい察したかエドが気にしたのであろうことをレキが察したがエドもきっとそれを察しているのであろうことをやはり察した。なんだかよく分からないが、まあ察した。基本的にこの人間はレキの敵対心を疼《うず》かせる。

　入ってきたのは、ここの部員だった。元キルスタンウッズのふたりだ。若い技術者である。彼らはエドに挨拶して――そしてレキを見て怪訝そうにしながら席についた。

　さらについてきたのは部外者だった。現在キルスタンウッズ開拓支援社の代表、コンスタンス・マギー・フェイズだ。

　彼女は入ってくるなり、声をあげた。

「こんにちはー」

珍しいといえば珍しい顔だ。

新しい開拓計画で多忙であるのは言うまでもない。ここに来たのは、今回ふたりの技術者を借りたのがキルスタンウッズだったからだろうが、だからといってついてくる必要もなかった。

ついでに言えば、彼女が到着後真っ先に顔を出すのがここというのもおかしな話だ。

エドが告げる。

「息子なら別の部屋だが」

だが、コンスタンスは急に弱った顔をした。

「この頃、話しづらくて……」

「なにかあったか」

「ていうか理解するのが難しくなったのよね。なんでパンツに髑髏《どくろ》マークなのかしら……なにが死ぬの、そこで」

「君の言っていることもよく分からないが」

レキには分かったが、説明のしようもない。あとマキが首から耳を掻いてくれていたのでそちらを堪能していた。

「ぼくら、食堂行ってきます」

技術者たちがデスクに荷を置いて、声をあげる。

仕事の報告は部外者がいなくなってからということだろう。依頼者の評定もその時に行うはずだ。

それを知ってか知らずか、コンスタンスが気楽に返事した。

「はーい。お疲れね。またお願い」

「はい」

と、ふたり出ていく。

その後、コンスタンスはエドに訊ねた。眉間にしわを寄せて。

「あの子、ホントにラチェットと付き合ってるの？」

エドは一応礼儀として顔を上げたが、とことん興味ないようだった。

「さあ。よく知らん」

「本人はどうも付き合ってるつもりっぽいんだけど、傍から見てると違うようだし、なーんか痛々しいことになってないかしら」

「…………」

無表情に見返したまま、エドは答えられないというよりただただまったくなにを言えばいいのか分からないようだった。

かなり不自然に沈黙してから、ようやく、ふむとつぶやく。

「支配能力を持った相手との恋愛はなかなかに厄介だ」

「なに言ってるの。支配もしないでどう付き合うの」

「度合いの問題だと思うが」

「いるわよねー、そういう人。なんか綺麗《きれい》ごとだと思ってるっていうか。一度くらい結婚してみるといいのよ。アホみたいにスカしてなんかいられないんだから」

「傷が痛んできた」

手を振って一蹴するコンスタンスに、エドはわずかに身をかがめてうめく。

マキが声をあげた。

「あのふたりは真面目だから、友達同士みたいな感じがちょうどいいみたいですよ」

「……一理あるか。まあ年下の子にそう言われちゃうのも既になかなか痛いけど」

「それを訊きに来たのか？」

ようやく古傷の疼きが去ったらしいエドが、彼女に訊ねる。

問われてコンスタンスは少しトーンを落とした。

「この前、先走ってね。オーフェンの暗殺計画があるかもってサイアンに伝えたの」

「そうか」

エドは聞いていないはずだが、おくびにも出さなかった。

コンスタンスは近くの椅子を引き寄せると腰を下ろして、

「結果、誤報でね。騒がせたお詫びもあって来たんだけど」

「特に問題は起こらなかった。君も忙しいだろうに、気にかけてもらってありがたい」

「忙しいっていっても、人殺しを追うような仕事よりは手応えがあっていいわよ。ああいうのは若くないと無理ね……あなたも、だから引退したんじゃないの？」

「怪我で休養中なだけだ。もとより、仕事にやりがいなど特に考えないが」

彼はそう言ったが。

負傷でブランクがあったのは事実だが、実際のところはどうなのか、レキは疑っている。重傷だったとはいえ、これだけ時間が経てば魔術で治癒できないこともない。リスクを考えなければ魔王術という手もある。戦術騎士団時代の彼であればそうしただろう。もうそれは自分の役割ではないと考えるようになったのだろう、とレキは想像する。最強の魔術士をやる必要がなくなった。それはやはり、自分も似たようなものだ。彼もなにがしかの代償を支払ったのかもしれない。なんなのかは知らないし、興味もないが。

ぼんやりと考えごとをしている間に、コンスタンスとエドの会話は進んでいた。あとこちらのほうが重要だが、マキのマッサージも耳から顎の下のピークに移っている。

「殺し屋の噂っていうのは、以前のつてから入ってきたものでね。そのついでっていうのか、復帰を打診されたの。派遣警察隊にっていうんじゃないけど。でも、自分でも驚くくらいまったく心が動かなかった」

デスクに頬杖をついて、ぶつぶつと、なかば独り言のようだったが。コンスタンスが語る。

「たった半年なのにね。変わったんだなあと思っちゃった。戦術騎士団のエド・サンクタムとだったらほとんど話したこともなかったのに、今は違うでしょ」

「部署として、君とは連絡を密にせざるを得ない」

「あなたの、そういうつっけんどんなのは変わらないけど」

と口の端を歪《ゆが》めるコンスタンスに、マキが苦笑してフォローする。

「性根は変わりようがないところ、ありますよ」

「そうかもね。古くから知ってる連中は、そんな感じだわ」

「君は、うちの専務とは前から知り合いなのだろう？」

ふと思い出したようにエドが訊ねる。

コンスタンスはうなずいた。

「ええ。若い頃から。でもあなただってもう二十年くらいの付き合いでしょ？」

「……まあ、そうだ」

「想像つかないでしょうけど、荒《すさ》んでたようで可愛いところあったのよ、彼」

「そうか。想像はつかないな」

「なんで微妙に棒読みなの？」

不思議そうにしながらコンスタンスは思い出話を続ける。

「何者でもなかったのにね。モグリの魔術士で、なんにもやることがない代わりに誰に追われてもいなかった。彼を殺したがってる人がいるなんて聞いたら、きっと笑ったわね、あの頃なら」

「だが一年も経たないうちに、俺は最高権力者のひとりから最優先で奴を抹殺しろという命を受けた。なにが変わったのかと奴に問えば、分からないと答えるのではないか」

「なにが変わったのかっていうと、周りのほうよね。でもその周りっていうのも、それぞれ個々人っていうのかな、誰か自身なわけで……」

　話しながら、なにを言っているのか整頓するように天井を見上げて。

　難題だというように彼女はかぶりを振った。

「その人たちも、変わったのは自分じゃなくて周りっていうなら、結局変わったのはなんだったのかしら」

「人と人の間にあるものだろう。人は変わらなくても、関係が変わる」

「もっと変わりようがあるのかしら」

「死ぬまでは猶予もあるんじゃないか」

「賢くは変えられる？」

「それが賢かったのかどうか、自分で判断するような真似をしなければ、近づけはしそうだと思う」

「……なんだか随分、立派なこと言えるのね」

驚いたようにコンスタンスが顔を上げると、エドは表情を変えないまま静かに答えた。

「ろくに動けない状態が続いていたんでな。この子にいろいろ吹き込まれている」

マキは肩を竦めた。

「世界の情勢が左右されるような大事な局面で、父がロリ女の全裸に気を取られて怪我をしたと聞いてから、これはさすがに誰かが真人間に教育してあげないとと思って……父さん役っていうのもやめました」

「言い訳はすまい」

「あっそう……あなたたちの言ってることも大概よく分からないけど……」

コンスタンスは腰を上げた。

「ま、いいわ。次は魔術士を借りたいかも。キスタニ村の峡谷、どうにか均さないといつか水難になるって、うちの旦那が」

「ああ、そこはいずれ来るだろうと思っていた。今から来季に間に合わせるなら四人は必要になるだろうが、手が空かない……俺もそろそろ外に出ないとならんかもな」

最後に、仕事の話を始めた彼らを置いて——あと、マキもマッサージに飽きて手を止めてしまっていたので——レキは気づかれずに部屋を出ていった。

その気配には、エドは気づかなかったようだった。

7

このフィンランディ商会にジェフリー・パックがいることを、誰もが意外に思う。実際、ヴィクトールやエドなどよりもずっと意外かもしれない。

彼が何者か知っている者も多くはないが。原大陸史においてはカーロッタに次いで魔王を脅かし続けた人物だろう。元スウェーデンボリー魔術学校で事務職に就いていた。広報部のジェフリーである。

フィンランディ商会には正式な広報窓口はなく、試験的に広報として勤める彼は、同じく学校時代から率いていた部下三人を養っている。社員寮に間借りし、家賃を払っているのはこの四人だけだ。これが意外に貴重な収入になっており、会社もそれほど邪険にはしていない。

「犬が来ましたね」

彼らにあてがわれたオフィスに入ると、部下のひとりがつぶやいた。一番若い男だ。

「ああ」

ジェフリーは気の抜けた口調でそう答えた。目も虚空を彷徨い、もともと細い目だけあって、うたた寝をしているようにすら見える。

「アレでしょ。校長の。ほら。いつもの」

もうひとりの部下が言葉を探していると、最後のひとりが言い添えた。

「奇行」

「そうそれ」

ぱちんと指を鳴らして、それで確定する。

ジェフリーが片目だけを開けた。

「指を鳴らすな」

「え？　ああ……はい」

釈然としない様子で、部下が手を引っ込める。

しばらくしてから質問した。

「あの、すみません。ずっとこれ、不快だったんですか？」

と訊いたのは、これが彼の癖で、今さらの話だったからだ。

ジェフリーは閉じかけた目をまた開いた。

「いや。別に気にならない」

「え？　じゃあ……」

「と言われてまたやる根性があるなら、やればいい。そうすればわたしの言葉のなにが嘘か分かる」

「…………」

「人の言葉の、なにが真意かを知るにはリスクがある。言葉を商売にするなら弁《わきま》えておくべきことだ」

別に凄むのでもないが、押し殺した声音に全員沈黙する。

魔王は認めないかもしれないが、彼が時おり夢想する架空の相談役、ドクター・ステテコブラ・マッチョウィルの原型はこの男だ。ジェフリーの目を開かせ、髭を剃《そ》り、筋肉を20キロほど増量するとマッチョウィルになる。

「ともあれ」

若いのが場の空気を変えようと試みた。

「あの人のやり方はいちいち変わってますよね。別に娘にやらせたって誰も文句は――」

「文句は出る。出ないわけがない。馬鹿か」

ジェフリーに出端《でばな》をくじかれる。ジェフリーはそのまま黙るので、部下はそれで切り上げることもできない。

叩き伏せられることが分かり切っているのに話を続けさせられる。これが、ジェフリーが恐れられているところだった。

「なら、自分でやっても」

「専務自らが探した場合、見つけられなかった時も問題だが、見つけた後のほうが厄介だな。その犯人をどうする？　締め上げて叩き出すか？　社員のほとんどは身内なのに？」

「…………」

ついに若いのが折れかけたところで、別の部下が声をあげた。

「じゃあ、犬にさせるのが一番いいんですか」

「一番悪いに決まっているだろう。しょうもない」

取りつく島もない。

体勢すら変えないジェフリーに、最後のひとりが反撃する。

「だったら……ジェフリーさんならどう考えるんですか？」

「意味がない」

「え？」

「わたしが判断することじゃない。くだらんことを聞くな」

ジェフリーは吐き捨てるように言うと、ようやく身を起こして体勢を変えた。

「考えるとすれば、彼が愚かな判断をするたびに対外的な言い訳が必要になるということだ」

「商機ですか」

「我々は率直に言って、報酬分働いているとも言い難いからな」

「キルスタンウッズを通じて仕事には困ってないみたいですからね、現状」

実際そのせいなのだろうが、部下たちには緊張感が続かない。

不満も溜《た》まっているのだろうが、ジェフリーは気にも留めなかった。

「どうせいずれ必要になる」

「キルスタンウッズと仲違《なかたが》いなんかしますか？」

「全部を敵に回す性分だ」

「……つまり、奇行でしょう？」

どうしても言わずにいられなかったのか、一度は諦めたはずの部下が食い下がった。

面白くもなさそうに、ジェフリーは鼻で笑った。

「正解と間違いのどちらかという意味で言っているのなら、そんなもの判断する立場にないと言ったろう。お前は違うのか？」

「でも、キルスタンウッズと対立なんていうのは誰が見たって――」

「強力な味方は、相応に厄介な敵と抱き合わせだ。キルスタンウッズはサルア市王、旧カーロッタ派の開拓村の双方と敵対する素地がある。場合によっては大統領邸ともだ。いずれかに与《くみ》すれば、それ以外を皆殺しにせざるを得なくなるかもしれん。賢い選択とは、それがどれなのかを選ぶことか？」

「どっちつかずなら、結局全部と対立しませんか？」

「あるいは誰からも手出しできないかもしれん。嫌われるのは避けられずとも、憎まれない程度にダメージを軽減するのが我々の仕事だと思うがね」

「ひとつ、プランがあるんです」

別の部下が手を挙げる。

「魔王の娘の誰かを着飾らせて、歌でも歌わせて――」

「死ね」

ただの一声で黙らせると、ジェフリーは別の部下に目をやった。

成り行きで、順番に発表する流れになってしまい、最初に発言した同僚を残りふたりが恨みがましく睨む。

それでも一応、口を開いた。

「パンフレットでも配りますか」

「やって損はないくらいの提案なら、言う前にやっておけ」

あっさりとジェフリーが告げる。

そして最後のひとりが、ふたりの犠牲者を横目に、覚悟を固めて言った。

「魔王の弟子を募集するというのはどうでしょうね。住み込みの徒弟で……数名から、将来的には十数名。スウェーデンボリー魔術学校の枠組みはラポワント市が引き継ぐでしょうけど、専務の名前に惹《ひ》かれて学びに来ていた者も多かったと思うんですよ」

「……それで、育った人材を各所に回す？」

初めてジェフリーが否定しなかったので、その部下はぱっと目の色を変えて踏み込みかけた。

「ええ。ブラディ・バースがちょうどそうでしょう――」

「小型の戦術騎士団など作ったところでつまらんし、専務も興味を持たんだろう。なにより最大の問題は、だ」

まるで罠《わな》だったとばかりに、乗って来たところをジェフリーが叩き潰した。頬を掻きながら続ける。

「それは企画戦略室の考えるべきことで、我々の守備範囲と違う」

「いや、でもあの部署は……」

「室長がまだ子供だとか、大した仕事はしていないとか、つまらんことならいちいち言うな。自分のほうが少しは大人だと思うなら、役割を弁えろ」

「じゃあ、俺たちはなんなんですか。なんのためにいるんです」

とうとう我慢の限界で、部下が言い出す。

ジェフリーは、いったん間をあけて姿勢を直した。

「専務が我々を追い返さなかった理由は、学校の時と同じさ。非魔術士からの軌道修正を常に受けていたいんだ」

「校長時代から、あまり嬉《うれ》しがってる感じじゃありませんでしたけど……」

「嬉しがるようなことをわたしが言わなかったからな。だからどれだけ疎まれてもクビにはされなかった」

「〝だから〟っていうのはどうしてですか」

疑問の声をあげる部下に、ジェフリーは眉根を寄せた。彼らが理解できなかったことが理解できなかったようだ。

「最も強く自分を批判する相手をクビにすればいい恥さらしだ。それも分からんような馬鹿者であればこちらから願い下げだしな」

「……それもダメージコントロールですか」

「まあ、そうだ」

なにを言っても即座に返してくる不動のジェフリーに、部下たちはぐったりとうなだれていく。

ここは最もストレスの溜まる部署かもしれない。だが。

相手が打たれ疲れたのを見計らってだろう。ジェフリーはうっすらと微笑《ほほえ》んだ。

「なあ。我々は魔術士じゃない」

「ええ」

「だから価値があるんだ。なにしろ魔王の周りは、ほうっておけば魔術士だらけになる。わざわざ自分の代理のいる場所に行くな、それは死神だ……だよ」

若い部下が、首を傾げる。

「それ、誰かの言葉ですか？」

「ああ。相談役、グリゴギ・鉄拳・オニスマッシュ先生だ」

「…………」

このあたりでレキは部屋を出ていった。あれだけ面倒くさい魔王に長く振り回され続けると、ちょっとはまともそうだった人間もこうなるのかもしれないな、と思いながら。

8

「えー！　なにその突然の反抗期！　ママを締め出すのなんで!?」

「顔を合わせた第一声が『こんちはー。息子がここ半年で買ったパンツの図解持ってきた』だからだろ！　どこで手に入れた情報なんだよ！」

「情報網があんのよ！　ママは警官だったんだからしょうがないでしょ！」

「そんなしょうがなさはないよ！」

マギー親子の扉越しの攻防を通り過ぎて、レキは最後の部署に向かった。

技術測量部は、まず名称からしてかなり浮いている。

レキが部屋に入る前に、先客がいた。魔王オーフェン・フィンランディだ。

入り口に突っ立って道をふさいでいるので、レキは足を止めた。魔王は背を向けていたが、こちらに気づいていないのか、あるいは気にしていないか。エドと違うのは、この魔王は気づいていたとしてもその素振りを見せない。

「ちょっと邪魔するぞ」

魔王は部屋の中に声をかけて入っていった。

室内にいるのは六人。若い、そうでもない、男、女、バラバラだ。

手前の若い女に、魔王が訊ねた。

「この前の遠征はどうだった？」

「まだまとめていませんが、梗概なら」

彼女はタイプライターの手を止め、横に置いてあった紙を魔王に手渡す。

魔王はしばらく眺めてから、

「随分長くかかってるんだな……てことは、実りがあったってことか」

「そうですね。水源があるのは分かっていたので。北の土地は案外、沿岸より潤沢かもしれないですよ」

「俺は反対だな。たまたま遭遇しなかったけどよ、大型獣の臭いがしたんだよ」

ぼさぼさ頭を掻き毟《むし》りながら、男が言う。

女は素っ気なく言い足した。魔王に向かって言ったのだが、内容自体は意見の合わない同僚へのあてつけだろう。

「つまり獲物になる動物も多いってことです。防備さえ整えれば――」

「つまり魔術士に守りの依頼が殺到、商売安泰ってわけだ」

女の口調を真似して、男。

魔王がなにかを言おうと口を開きかけたが、別の男が取り成した。

「やめとけよ。どのみち、判断はキルスタンウッズがする」

「あいつらだって街の味方だろ」

「時間がかかったのは成果が多かったってより、意見がまとまらないからか」

魔王がつぶやくと、さすがに男も不平を引っ込めた。それでも不機嫌に椅子を回して背を向ける。

技術測量部は未開地を探索し、地図や資料の作成を仕事とする。この情報をキルスタンウッズなどに売るわけだ。

もちろん、キルスタンウッズも独自の探索部隊を持っている。規模もずっと大きい。フィンランディ商会がそれに先んじているのは、魔王が目をかけていた若手の魔術士と、野外探索に明るい元革命闘士を雇い入れ、組ませたからだ。かなり機動力のあるチームとなり、この半年間で三度の遠征に出ている。

魔術士はともかく元革命闘士（さっきの男と、もうひとり、なだめようとしていたほうだ）を誘うことができたのは、あのベイジットとかいう娘のつてだった。彼女は現在、原大陸のあちこちを旅して回っているらしい。

かなり反発もあるチームだが、どうにか分裂はしていない。さっきの女が声をあげた。

「キルスタンウッズはあまり食いつかないかもしれないですね。確かにコストがかかりそうです。馬車便は今でも手一杯でしょうし」

「なら、革命闘士側に売るか」

「はあ？」

女が素っ頓狂な声をあげる。

そっぽを向いていた男も、ぴくりと反応していた。

魔王はそのどちらにもさほど注意を向けず、静かに続ける。

「カーロッタ派の革命闘士は敗走して、バラけたままだろ。新しい村が必要なはずだ。弱まったとはいえヴァンパイア化していれば、多少の危険地でも自衛できる」

「でも……そんなことすれば、非難されますよ？」

目を見開いて、女。彼女は魔術士だ。戦術騎士団には入っていないが、候補者リストには入っていた。

　魔王は梗概を返して肩を竦めた。

「誰に？　別にクレイリーに義理立てする必要はない」

「どうやって売るんスか？」

　最初の男だ。椅子を回して魔王を睨み上げた。

「あんたの名前が出てりゃ、誰だって警戒する。うちらですら、ここで働くってなったら家族には勘当されたくらいだ」

「君は家族がいなかったんじゃなかったか？」

「死んだ家族に勘当されたんすよ。夢で見た」

「なるほど」

　特に否定せず、魔王は疑問に戻った。

「別に警戒して寄り付かないならそれでいい。そこまで面倒見る気もない。だが、そんな愚かな奴らなら俺たちが苦戦することもなかったろうな」

「半年前まで敵対してた相手を警戒するのが、なんで愚かなんすか」

「時流を読めないのは愚かだ。二十年もカーロッタに付き従ったなら、後継者のひとりくらいいるだろ。奴から万分の一程度でも学んでたなら、ものの道理は理解するさ」

「…………」

男が黙ると、もうひとりの元革命闘士が大きく嘆息した。

「自分に、心当たりがないでもないです」

「接触できるか？」

「ひと月ほどもらえれば」

「行ってくれ。手土産《てみやげ》はいるか？」

魔王の言葉が冗談か本気か、彼は目を閉じて考えたようだった。頭に過ぎった返事は、レキが思いついたままだったように感じられる。つまりは、あなたの首以外に？　と。

彼はそれを口に出したりはしなかった。その躊躇の間に、さっきの男のほうが皮肉を投げる。

「こちらより、あの女にはボーナスでもあげりゃいいでしょ。せっかく遠征して見つけ出した土地の情報を金にもならなそうな相手に流すってなるとゴネるんだ、どうせ」

手で振って指した先にいるのは、魔術士の女だ。

彼女はキッと睨み返した。

「そんなことは考えてません」

「君らの苦労には当然報いるさ」

魔王は従業員の喧嘩を無視した。

「情報をタダで売るつもりもないしな。いま払えないなら、借金はきっちり取り立てる」

「借金取りなんてできるんですか？」

別の従業員に問われて、魔王は即答した。

「まあ、得意なほうなんじゃないか」

「あんたは恐ろしいバケモノだって思われてるんだ。人殺しの怪物だって」

若いほうがまた口を挟んだ。

やはり魔王は眉ひとつ動かさず、言う。

「知ったことか。事実に反するわけでもないしな。商売をするってだけだ」

そのまま出ていく。レキが伏せるとその上をまたいでいった。

フィンランディ商会で、魔王が仕事として関わるのはもっぱらこの技術測量部だった。彼の一存で、面倒な取り合わせを雇った責任というのもあるのだろうが、他の仕事については他人に任せている。

上司の姿がなくなってから、はあ、と魔術士の女がため息をつく。宿敵の男を見やって、

「スマートに済ませることができないわけ？」

「なんだよ、スマートにってのは」

訊き返されて、自分でもあまり深く考えずに言ったと自覚したのだろう。いったん髪をいじって、口早につぶやいた。

「まあ、その……必要なことだけでってことよ」

「本来ないはずのものを持って生まれたおかしな奴が言うか？」

正論ではある。

が、さすがに我慢できなかったか。女は音を立てて椅子から立ち上がった。

男のほうは座ったままだ。力でやり合って勝てないのは分かり切っている。それに、仲間が仲裁してくれるのも分かっている。

役回りを演じることと均衡で成り立っているのだ。人間種族は大きな社会も、小さな集団も、すべてそうだ。

だが、その頼りが外れたようだ。

元革命闘士の仲間は、席から立つと男のほうを殴り倒した。驚いた顔の同僚を見下ろし、命令する。

「無礼を謝れ」

「お前……」

ここで悟ったらしい。仲間だと思っていた男と、魔術士の女が一瞬見交わした視線。呼吸。立ち位置。そんなようなものをいっぺんに。

「お前ら、まさか——そういうことか」

他の同僚にとっても知らないことだったか、全員が息を呑んだ。

殴られた口元を腕で拭いながら、男は立ち上がる。

「お前、それじゃあ、ナタリーの気持ちはどうなる。知っているはずだろ」

また、今度は魔術士の女も含めて声をあげた。ナタリーというのはまた別の同僚だ。内気に前髪で顔を隠して、肩を震わせている。

彼女を見やって、後ろ暗さを噛みしめ、元革命闘士は答えた。

「分かってる。だけど、応えられない」

「わたし……知らなかった。だって、ナタリー、あなたが好きなのって」

と、魔術士の女。殴られたほうの男を見ながら。

等々……

レキにはどうでもよかった。口を開けずにあくびして、回れ右する。

と、廊下の曲がり角に立っていた魔王と鉢合わせした。

彼はレキを見ると、

「ま、旅とかしてるとああいうこともあるよな……安直だけど」

そんなことを言う。本当に、レキにはどうでもいいのだが。どうでもよさを伝える方法はない。

方法のないところを変に頑張ると、かえって興味があるように誤解される。なかなか正直さは通じない。人間は、だから意思疎通できない相手を善意の塊のように勘違いするのだろうが。それは時おり、やりきれない気分にさせられる。

魔王は、ふっと笑って手招きした。

「あんなことでも、平和になってくってことか。行こう。ああいうのは聞かなかったふりに限る」

それは同感だった。魔王はこうも言い加えたが。

「偉くなるってのも、つまらんことだよな」

そのまま専務のオフィスまで歩いた。

彼がデスクを回り込んで席につくのを、レキは床に腰を下ろして待った。椅子に座ると魔王は軽く促してくる。

「それで、調べたか？」

レキはうなずいた。

「犯人は分かった？」

首を左右に振る。

「怪しそうなのは？」

一回首を傾げてから、また左右に振る。

魔王は肘をついて最後の質問をした。

「見つかる見込みはありそうか？」

まだよく見ていない者は何人かいたが。

そういう問題でもなく、単純に直感でレキは判断した。見つかることはなさそうだと。

「そうか」

デスクに突っ伏して、顔を横に向ける。だらだらと声を漏らした。

「まあそれなら、あと何日か適当に探すふりだけしてくれ。見つからないほうが楽だが……まったく。同じ泥棒ならクレイリーの奴のほうが分かりやすくてよかったな。あいつ、横領がバレた時なんて言ったと思う？『確かにわたしがやりました。しかし聞いてください。とっても大事に使ったんですよ』だ。面白えから許すしかなかったよ」

そんな与太話をしているうちに……

ノックの音がした。返事を待たずに扉を開けても許されるのは、社長くらいだ。

クリーオウ・フィンランディは勝手に戸を開けてのぞき込んできた。同じように、コンスタンス・マギー・フェイズも一緒にいる。

そして乱闘の物音も。その騒ぎを指さして、クリーオウが言ってきた。

「ねえ。なんか探検隊のほうで喧嘩が始まったみたいなんだけど……」

「ああ。知ってる。でも知らないふりをしている」

顔も上げずに答える魔王に、コンスタンスも陳情した。

「うちの息子も企画戦略室に立てこもっちゃったのよね。パンツのこと忘れないと建物を爆破するって言い出してる。もしかしてなんだけど、記憶消せる装置とかある？」

「生憎《あいにく》ない。夕飯時には出てくるだろ」

「あとね。エッジの様子もなんだか変だし……ラッツはなんだかヴィクトールにプロポーズされたって言い出して、結婚式場選び始めたわよ」

「ほっとけよ。死にゃしねえだろうし、死んだら治るかもしれないだろ」

やる気のない魔王に、今度はやや不安そうにコンスタンスがうめく。

「エドがロリコンって本当？」

「それは本当だ」

そこだけ認めた。

「まったくもう……」

クリーオウが中に入ってくる。夫の腕を引っぱり上げた。完全に力を抜いた魔王は、ぐたっと倒れたままだが。

「どうでもいいってことはないでしょ。広報の人たち全員屋根に登って人生すべてをオニスマッシュに捧げよとか叫んでたし」

「……しょうがねえなー」

仕方なしに立ち上がったものの、未練がましく魔王は食い下がった。

「どうせ働くなら、もっと現実的なことやりたいよな。直す屋根とかないのか？」

「あるわよ。お風呂場のがこの前の大風で壊れて」

「あんのかよ。本当は全然働きたくない」

「そういうこと言わないの。どうせやるんだから。そうやって世界の危機も何回か救ったんでしょ」

「一度も救ってねえよ……」

文句たらたら、妻に押し出されていく。

「おーい！　人生捧げるならマッチョウィル先生だろ！　バトらせるか！」

やがて（多分、屋根に向かってだろう）魔王が叫ぶのが聞こえてきたあたりで。

部屋に残されたレキとコンスタンスは、なんとはなしに自然と、目を合わせた。

「なんか、あの人って普通に生きるの無理なのかしらね」

今さらなことを、彼女は言った。

9

その日の夜までに。

ジェフリーの妄想から成るバトルイメージ、オニスマッシュは魔王の繰り出したマッチョウィルの必殺技ヴァーチカル・スクワッシュ・ボンバーに敗れ（まあ正直その戦い

はレキにすら理解しかねたが）、ラッツベインは念入りに二時間かけてヴィクトールにフラれ（泣いた）、サイアンの立てこもりは夕飯時に解決し（彼の好きな鱒《ます》のシチューを作った）、技術測量部は全員、魔王に叩き伏せられ軒先に吊るされた（『お前らのラブコメなんぞ誰が興味あるか！』）。

エドのロリコンとエッジはほっとかれた。直らないものは直さない、それが知恵のひとつだ、と魔王（か、マッチョウィル）は言った。

恐らくこの日最も重要な仕事であった、風呂場の屋根は夜までかかった。魔王が修理した。魔術を使えばすぐなのだろうが、こんな大工仕事は基本的に手ずからやる、のが魔王の方針だった。

レキの寝床は決まっていないが、だいたい台所の勝手口あたりで寝ることが多かった。ここで寝ていると、いかにも番犬のようで家族が安心するらしい。

今夜もそうしようと、床に寝そべったところで……

ふと、なにもない空間にノイズを感じた。

ザザッと、荒い靄《もや》がかかる。空間の変形は、レキにとってはそれほど未知の現象ではない。だが今見上げているそれは、見たことのないパターンだった。

その靄の中に一瞬、人の顔が現れては消える。安定しない。

声も聞こえてきた。

「……俺は……四代後の……パイルドライバー・フィンランディ……変な名前つける家系の大本を……殴りに行こうと……時間転移術を……研究中……」

また大きく映像が歪み、消えるかと思えた。が、持ち直して続く。

「でも……座標検討にそっちの物質が必要で取り寄せたら……案外大事そうな書類だったから……だから、あの……ごめんね……これで破産されても困るし……このメッセージも……目標通りに届くか……分からないんだけど……」

空間の歪みから押し出されるようにして、ばさりと紙の束が床に落ちる。

なくなっていた現金引換票だ。それが完全に実体化すると同時に、靄は消えた。

「…………」

とりあえず。

まあ、報告は明日でいいか。時間外手当も出なそうだし。

ということで、レキは前足に頭を乗せて眠りについた。

魔人の階段

かつて王都の魔人と呼ばれたプルートーは、それから二十余年を経て、不名誉なものまで含めて様々な呼ばれ方をするようになった。

無様な死にぞこない、と直接呼んでくる者というのはいなかった。自分自身以外は。

もう少し控えめな表現でなら幾度となく耳にした――「膝、大丈夫ですか？」というのは近年、《牙《きば》の塔《とう》》の胸くそ悪い階段を登るたび、自覚のない者がよく口にする。それが前者とそれほど大差ないというのを、そいつは知らないのだろう。無知なだけであって、悪意もない。

（この歳で使い走りをしているのだから、膝もいかれるだろうさ）

楽隠居が許されるならそうして、一日中ぼんやりと腰かけて過ごしてもよかった。落ち着いた未亡人あたりと余生を過ごして。

たかが階段を登るだけの時に、そんな夢想の浮かぶ心の隙が生じるのは、膝の痛みをこらえているせいだ。

階段のなにに腹が立つかといえば、最上階にある長老たちの執務室への思いも含まれる。まず間違いなく面白くならないことは承知で、彼らの前に参じなければならない。もちろん、魔術で飛んでいってもいい――が、彼らは眉をひそめるだろう。

老後の隠居生活、暖かい陽《ひ》だまり、趣味の木版画の工夫……

一段一段を妄想で乗り切り、一週間の出張の報告を終える。またすぐに階段を下りて帰るのがどうも惜しくなり、そのまま廊下の窓から——この階を行き来する者は多くはないので——様子を見て外に出る。魔術で浮揚して屋上というか《塔》の屋根に出て、しばらく風景を眺めるのが、報告後のなんとなくの習慣になっていた。

《塔》の上は一応、屋上の造りになっているが、出入り口は設けられていない。邪魔者は来なかった。黒魔術の最高峰、魔術士の学び舎《や》の上から遠く、タフレムの影も、反対側の遥《はる》か荒野に続く道も一望できる。もちろん、もっと足元近くには、若い魔術士たちの生活する様子も観察できた。

王都に育ったプルートーには、この《牙の塔》はいまだ新鮮だった。裏を返せば、永遠に馴染まない場所だった。

古き王都に懐かしさは感じていない。今はマリア・フウォンが新たな《十三使徒》を集めようとしているが、それも縁のない話だった。正しくはキエサルヒマ魔術士同盟メベレンスト支部だが。彼女は野心を隠しもしていない。第二のハーティア・アーレンフォードになるような器でもあるまいが、だからといってフォルテと足並みを揃えるタマでもなく、ましてや《塔》執行部に傅《かしず》く女でもない。存外、面白い勢力に成長するかもしれない。

とはいえ数年から十数年は先の話だろう。自分がそれを見物できるかは微妙だと、プルートーは思っていた。

せめて、見えるものを見ていこう。変わり映えしない屋上からの眺めだが。薄い皮肉を噛みながらプルートーが上がり込むと、その期待は裏切られた。

そこには若い魔術士が立っていた。

真っ先に思い浮かんだのは、的外れな考えだった。ついに自分に引導を渡す刺客が現れたのかと。

(そんなわけはないか)

すぐに我に返る。そんなものは先ほどまでの妄想と同じだ。今さら自分を始末して得をする者もいない。その感情は、不思議と失望に似ていた。

その魔術士の顔には見覚えがあった。というより《塔》ではマヨール・マクレディなどに次いで有名な学生だ。

ティフィス教室のビフ。確か十七歳だったか。歳若いがセンスがあり、これは公開されていないが魔王術士の訓練生にもなっている。

有望な若者だ。彼はプルートーの気配を察して振り向いた。

その表情で分かった。

彼は飛び降りて死のうとしていた。

墜落死というのは適切なロケーションさえあればかなり確実性があるが、失敗もあり得るという点で完璧に賢い選択肢とまでは言えない。強風でも吹けば途中で壁に当たって速度が落ちるかもしれない。高所で躊躇していれば人に見つかる確率もかなりある。かといって自殺志願者というのは自己顕示もなかなか捨てきれず、永遠に遺体を発見不能になるような、完全に人目のない場所も選びづらいものだ。

魔術士の自殺は簡単そうで難しい。

直接、魔術で自分の頭を吹き飛ばすのは難題だ。魔術士が魔術で現出させる現象は術者の理想を反映している。結果として自傷することはかなりあるが、望んで己の息の根を止めるのは相当の自制心がいる。

それを実行し、成功した者を、魔術士は悔やむより先に称賛する。それくらいの難度だ。

風が強かった。話すにはそれなりに近づかなければ無理だろう。プルートーは急がず、嘆息して前に出た。階段ではないが、報告のために一時間弱立ちっぱなしだったのでやはり膝には痛みが残っている。

ビフはじっと、こちらを見つめていた。拳を握っているが戦闘態勢というわけでもない。彼を指導したことはなかった――ティフィス教師にはなるべく関わらないよう、気をつけていた――が、当然気にはかけていた。宮廷魔術士を集めていた時からの癖で、有望そうな若者のデータにはつい目がいく。

彼の才能は抜群だ。この世代のトップクラスであるのは疑いない。ただ、少々線が細いか、とは思っていた。マヨール・マクレディと似たタイプだが端的な違いは、ビフは魔術士としての能力以外はなにも持っていなかった。有力な教師の子息ではもちろんない。かといって野心もなかったようだ。最年少で魔王術士の候補にまで選ばれながら、それを喜びもしなかったし、天狗《てんぐ》にもなるようなこともなかった。その訓練での成績も高かったと聞く。

プルートーは近づきながら、歩数を数えていた。歩いた歩数ではなく、彼に到達するまでの歩数を逆算して。あと二十歩……十歩……

五歩というところで、ビフの大き過ぎるきらいのある目が、ぎょろりと変化するのを見て取った。

言ってくる。

「そこで止まってください」

「君がどうしてわたしに命令できる？」

プルートーの問いに、彼は落ち着いて答えた。

「余計なことをしたくないからです」

「余計なこと、とは？」

「あなたと問答とか取っ組み合いとか……そんなようなことです」

彼の眼差しは疲れているが、鋭い。

プルートーは足を止めた。

「君は残り五歩でわたしを制止したな」

「はい」

「この間合いに根拠はあるのか？」

そんなことを訊かれるとは思ってもいなかったのだろう。問答を拒絶したくせに、ビフは怪訝そうに答えてきた。

「特には。飛びかかれそうな距離というだけです」

「見る目がないな。膝をやってしまっていてね。到底跳べんよ。ここまで登るのもひどく疲れた。今日はもうこれ以上働きたくない……とサボり場所に出てきたら、君がいた。君のほうがわたしを邪魔したんだよ」

「そうですか。すみません」

彼はそう言うと、プルートーに背を向けた。

屋上の端には一応の柵があるが、そこから下を眺めている。ビフの背中に、プルートーは話を続けた。

「下の連中は、君に気づいているのか？」

「いいえ」

「遺書は書いたのか？」

その言葉に、ビフは反応した。こちらが彼の意図を察していると、はっきりさせたわけだが。

振り返りはしないまま答えてきた。

「いいえ」

否定をしなかった。かなり落ち着いている。

どちらかというと、これはかえって死に近いように感じられた。この少年は衝動的にではなく、情緒を乱れさせもせず、冷静に死にたがっている。

ただ、言葉にわずかな口惜しさをにじませた。

「書く気になれませんでした……どう説明しても、曲解されるだろうと思ったので」

「ふむ……ま、弁解などしたところでな。死に切れん奴らの嫉妬はどうにもできん」

プルートーはその場に腰を下ろした。足を曲げると刺すような痛みが来るが、座れば楽になる。

「失礼して、座らせてもらうよ。さっきも言ったが、疲れているんだ。この頃は、朝起きた途端に疲れている気もするがね」

風が吹き抜けた。

空は青い。少しは雲があるが、おおむね快晴だ。

　ビフがなにも返事しなかったので、プルートーは話しかけた。

「自殺の要点は、失敗しないことだな。なによりも失敗を恐れるべきだ。しくじるたびに困難さが増す。周りが警戒して監禁するかもしれないし、己自身が怖気《おじけ》づくかもしれない。そして、その後の人生は一層つらい」

　やはり反応はないが、聞いているのは分かった。そのまま続ける。

「一番いい自決は人の手を借りることだ。無論、できれば専門家がいい。医者か殺し屋だな。次にいいのは……いや、次善策はないな。自分の手でやる限り、どうやっても失敗がつきまとう」

「物わかりのいい話をして、仲間意識を持たせる作戦ですか？」

　ようやく答えたビフに、プルートーは苦笑を返した。

「なかなか気の利いた解釈だが、返答する意味のない問いはするもんじゃない。君流に言えば、どうせ曲解するようなら説明は無駄だ」

「ほっといてくれませんか」

「そういうわけにもいかない。仮にわたしがどうでもいいと思っていたとしてもだ、むざむざ死なせればわたしは無能者として糾弾される。そうやってこの社会はできている」

「じゃあやっぱり、邪魔するんですね」

身体全体とはいわないが、彼は半身をこちらに向けた。

やはり警戒態勢でもないが、構えは落ち着いて、老いた教師ひとりくらいなら叩き伏せる覚悟はあるようだ。

そして恐らくだが、その実力もあるだろう。

プルートーは緩やかにかぶりを振った。

「わたしは百名もの部下を自殺的なミッションに駆り立て、実際にほぼ全滅させたにもかかわらず、残念ながら生き延びてしまった。わたしの話を聞く価値はあると思うが、どうかね」

「……それを聞いたら、ぼくの気が晴れるんですか？」

「まさか。だいたいわたしは、君がどうして死にたがっているのかも知らん。興味もない。だからわたしから質問することは一切ない。そこは安心していい」

「そうですか」

ビフは安堵《あんど》したとも失望したとも、どちらともつかず曖昧にうつむいた。

訊ねる。

「腹は減ってないか？」

「質問じゃないですか」

ぱっと顔を上げて抗議する彼に、またプルートーは笑って、

「それくらいはいいだろう。わたしは腹が減ってる。弁当を食べさせてもらうよ」

と、ポケットから小さな包みを取り出す。紙にくるまれたクラッカーだ。四枚。一枚を口に入れると、ビフは不思議そうに訊いてきた。

「それだけでいいんですか？」

味のないクラッカーを呑み込んでから、プルートーは答えた。

「この頃は、医者がうるさくてな。若い頃は牛一頭食うんじゃないかと噂されたもんだが。噂といえば、マヨール・マクレディが来月には帰ってくるそうだ」

「……それがなにか？」

「ライバルじゃなかったか？」

「そうは思いません。歳も違いますし」

「そうか。まあ、わたしからすれば顔の見分けもつかんくらいだ。ベイジット・パッキンガムは帰ってこないそうだよ。イザベラもな」

「どこからそんな情報を得るんですか」

ビフが見せたのは好奇心とないまぜになった畏怖だろう。もちろん、原大陸からの船上にいるマヨールの情報については、まだ《塔》にも把握している者は少ない。

プルートーは肩を竦めた。

「情報源があってね。君になら知られても構わんだろう。わたしは《塔》の目と耳だ」

「どうしてぼくにならら構わないんですか」

「ここで死ぬか、《塔》の幹部になるのか、どちらかだ」

「それ以外の未来はないって思いますか」

「それは興味深い問いだな。なにがあると思う？」

「ベイジットは帰ってこないそうですね。殺されたんですか？」

彼の回答は話が逸れているのか、そうでないのか、微妙だった。

それを考えるのに一拍挟んで、つぶやく。

「それは聞いていないな。原大陸まで追っていったが、行方不明だそうだ」

「帰ってこないのなら、彼女は死んでると思うんです」

淡々と、そんな言い方をする。

プルートーは首を傾げた。

「同じ教室だったはずだな……気でもあったのか？」

「いいえ。訓練の邪魔にしかならないので、大嫌いでした」

嫌悪にすら眉ひとつ動かすことがない。

他人事のようだったが、嘘でもないようだ。少しだけ早口になった。

「いなくなれと思い続けてきましたし、実際彼女に言ったこともあります。逆にひどい目に遭わされましたけど……どれだけ願ってもどうにもできなかったベイジットが、本当にいなくなるなんて予想していませんでした」

「そうか？　彼女はいずれここを去るだろうと思っていたが」

「いいえ。彼女はただ去ったりしないですよ。全部ぶち壊すために必ず帰ってくるんです」

「ふむ」

それもあり得たかと思い、得心する。

イメージは浮かばないでもない。約束の土地で目的のものを手に入れたベイジットが、満を持してキエサルヒマに帰還し、かつて彼女を追いだしたものをすべて焼き滅ぼす。魔王のごとく。

実際に彼女が手に入れたものがなんだったか。それによっては実現した結末だったかもしれない。

黙している間にビフが訊いてきた。

「彼らの運命は予想外でしたか？」

「どうだろうな。イザベラが死んで、死にぞこない仲間が減ったよ。さすがにわたしのほうが先だろうと思っていたが、その意味では予想外だったな」

「あなたも以前、原大陸に行かれてましたね」

「ああ。わたしは生きてもどってきた」

「向こうに留《とど》まろうとは思わなかったんですか？」

「思わなかったな」

「どうしてですか？」

「……思わなかったから、としか言いようがないな」

正直なところを告げたが、ビフは気に入らなかったのだろう。顔をしかめて詰問した。

「あなたは幸せそうには見えません」

「年寄りだからだよ。歌って踊っているところが見たいか？　まったくやらないわけでもないんだが」

「茶化さないでください」

「不躾《ぶしつけ》な話をしてきた君に言われるのはな」

指を向けてから、にやりとする。

「ま、そうだな。客観的に、わたしは類まれな転落をした魔術士のひとりだ」

「聖域どころか貴族共産会にも勝てずに、タフレムに逃げて《塔》執行部に使われている」

「ああ」

「戦争の発端になった聖域との戦いはあなたが率いた。その後の戦争でも、大勢の魔術士が死にました」

厳しい目を向けてくる少年の姿は、別の魔術士を思い出させる。同じ目だった。

プルートーは、その彼の名前を口にした。

「ティフィス教師がそう言っていたか」

「先生は妹さんを亡くしたそうです。十一歳だったとか」

「不幸だったな」

「そんなものですか」

彼の目を通して伝わってくる、怒りの熾火《おきび》を見つめ返す。

その火はそれほど熱くはない……が、決して消えることなく人体を焼き続ける。

突然どこかに引火して爆発するのかもしれない。プルートーは静かに告げた。

「正直に言えば、そんなものだ。あの当時、死んだ子供はひとりやふたりではきかない」

火を見たままで、息をつく。吹き消したいのか、もう少し火勢を求めたのか、それは自分でも分からない。

「君もそれで、わたしを軽蔑しているということかな」

「違います……ええ、そうですね、ぼくにとっても、そんなものです」

ビフは落胆して肩を落とした。

体格だけなら大人に近いが、そんな姿は捨てられた子供のようでもある。

「どうして、聖域を攻めたんですか」

彼の質問が本当に答えを欲しがっているのか、少しばかり分かりかねた。

それでもビフが視線を外さなかったので、プルートーは返答した。

「誰もが同じ理由。怒っていたからだ」

と、さらに言い加える。

「もっとそれらしい理由はつけられる。貴族連盟による王立治安構想の限界、最接近領の挑発、白魔術士らの予言……当然わたしの思い上がりもだ。それでも、わたしがあの時、聖域に挑んで勝てる見込みをほとんど持っていなかったのは否定しない。その上で全員討ち死にするつもりで攻めた。敗北と、世界の終焉《しゆうえん》を確信して、ただ意地を通そうとした。部下たちの命を使ってな。俗人だったのだよ」

「後悔しているんですか」

「いいや。わたしは役割を果たした。あの決断をしなければ、聖域なきあと貴族連盟は無傷の《十三使徒》を擁し、恐らくもっと苛烈にタフレムかトトカンタに攻め入っただろう。百人の無駄死にが数千の犠牲を防いだとも言える」

「こじつけじゃないですか？　あなたの願望が入った」

「これでも控えめに言ったつもりなんだがな。もしそれで貴族連盟が勝利していたら、今日の世界の姿はまったく違ったものになっていた」

「どんな姿ですか」

　ビフの目つきはまた力を取りもどしていた。だがさっきまでと違い、もっと食い入るように答えを待っている。

　罠でも待っているのか。もっとも、プルートーは構わず踏み込んだ。

「貴族連盟の内部崩壊が起こらず、貴族共産会にならず、王都メベレンストが健在だった場合か。まずアーバンラマが自治を保つことはできず外大陸開拓計画は藻屑《もくず》となる。魔王オーフェンは……奴がどうするかは予測できんな。外に出ることを断念した場合、王立治安構想の側につくのか、敵対するのか。暗殺されるという可能性が一番高いように思えるが、わたしがなにより恐ろしいのは、それすら叶わないほど始祖魔王術士が強大であった場合だ。魔王術の説明を受けた君にならば、多少は想像できるのではないか」

「〝スウェーデンボリーに学べ〟」

　嫌悪も露わに、ビフは吐き捨てた。続ける。

「三年前から嫌な言葉でしたけど、今はもっとおぞましいですよ。あれは世界の基礎を壊す術法です。契約媒体なんて呼び名で誤魔化していますけれど、ドラゴン種族が神々から受けたっていう呪いと同質のものでしょう」

「そうだな。そして神人種族自身が苛《さいな》まれている狂気とも同じなんだろう」

　優等生の回答に、生徒と話す喜びを久々に思い出しかけた。

が、素直に喜んでいる場合でもない。プルートーは顎を撫でて口元のにやけを隠した。

「壊れかけた屋根を直すために、柱を折って建て直すようなものだな。それを住人がやるのだから下手をしたら生き埋めだ」

「そんなものが希望になるわけない……」

「そりゃあそうだ。魔術というのが根本的な過ちだよ。過ちは嫌いか？」

片目だけでビフを見やる。

彼も罠は察していただろう。だがやはり話をやめなかった。

「過ちは、よくないことです」

「過ちのひとつもなければ子も生まれんよ。そんな話をさっきしていたんだと思うが」

「……魔術士は生まれるべきなんですか？」

ビフは真剣に、ゆっくり噛みしめるように言ってきた。

「魔術士がいなければ、この世界の過ちは正されるかもしれない」

「ははあ……」

プルートーが感じ入ってうなずくと、彼はまた気難しい顔をした。

「ははあというのは、なんですか」

「なるほどと思ったんだよ。難民のキムラック教徒と話したか」

元キムラック教徒の魔術士排斥主義者というのは、今でも健在だ。いやむしろ、数が減ったことでさらに強固になったのかもしれない。

　タフレムのキムラック難民は二十年を経て、タフレム市民になりつつある。突如として信仰の要であった教主、教会総本山、キエサルヒマ結界を失い、ここ魔術士の街に逃げ延びた。

「あなたは行ったことありますか」

「難民保護区に？　いいや、ないな」

「避けてるってことですか」

「当然だろう。藪をつついてどうする」

　と、プルートーは膝を摑み、立ち上がった。

「……なんですか」

　やや後ずさりながら、ビフ。といってもすぐ後ろは柵なので、あまり下がれはしないが。

　だがプルートーも立つとそのまま、回れ右して手を振った。肩越しに言い残して。

「話のほうも合点がいったし、必要なだけは働いた」

「働いた……？」

　彼もようやく気配を感じ取ったようだった。振り返る。

　柵の下からゆっくりと、教師がひとり、浮揚してくる。下のグラウンドから浮かび上がってきたのだろうが。

「先生……」

「恥をかかせてくれたな、ビフ」

ティフィス教師は弟子を睨みつけ——そのまま視線をプルートーにも向けた。

礼を期待はしなかったし、どのみち、ネットワークで簡単な念話を送っただけだった。

プルートーはあとは関わらず、ふたりのもとから立ち去った。


屋上でのひとりのひと時は逃したが、それはさほど悔やまなかった。

思い通りにいかない日もある。だが大抵の場合はうまくいっている。高望みさえしなければ。

……階段の苦痛もだ。少なくとも、登ったより多くを下ることはない。若かった頃より時間はかかるが、帳尻だけは合っている。

それだけを励みに《塔》を降り切った。ロビーを抜け、グラウンドまで出たところで。

腕組みしたビフが待ち受けていた。

「もう解放されたのか」

驚いて声に出す。

ビフは苛々《いらいら》と、腕を指で叩きながら、

「もう半時間ほどは経ってます」

「まさか。下りるのにそんなにかかってるわけはない」

「かかってますよ」

「どちらにせよ、死のうとしていた子供を三十分で解放はしないな、普通」

周りを見回すが、ティフィスの姿はない。

まさかとは思ったが、あながち冗談でもなく、プルートーはうめいた。

「まさか、ティフィス教師をぶちのめしてきたのか？」

「しませんよ。誤解を解いたら放免されました」

「誤解？」

「まさかあなたが、ネットワークで彼を呼び出してるとは思ってなかったので。ぼくが自殺しようとしているなんて妙な勘違いしたのを、つい話に乗ってしまっただけです」

「ふむ……まあ、そういうことにしておこう」

話に一段落がついたところで、年少組の魔術士らが数人、横を走り抜けていった。

それを横目で見送る。十歳にもならないような子供たちだが、この《塔》の寮で集団生活している。おおむね規律は守られ、秩序が支配していた。たまに跳ねっかえりはいるだろう――ベイジットや、かつての天魔の魔女のような――が、どんな癖のある魔術士の存在も《牙の塔》を破壊はしなかった。この学び舎は変わらない。

そう考えると不思議ではある。キエサルヒマを、いや世界すべてを覆してきたのが魔術というものなのだから。

（あるいは……）

不思議でもないのかもしれない。世界を引っくり返しても、自分の家は手つかずで済ませたいというのが人間というものだ。

物思いを済ませて視線をもどすと、ビフはまだそこにいた。

プルートーの注意がもどったのを見て、言ってくる。

「話が途中でしたよね」

「そうだったか？」

「とぼけたところで、あなたはこの世界の現状を作った人のひとりです」

「綺麗ごとを言わせてもらえば、そうでない者はひとりもいない」

「それほど綺麗でもないです。なすりつけ合いをするんですか？」

どうやら、この少年は反撃に出てきたらしい。

面倒だが、厄介というほどでもない。この手の子供への対処法は承知している。プルートーは降参を手つきで示した。

「その通りなんだろうな。早とちりも済まなかった。ティフィス教師にも謝っておくよ」

全面的に認めて立ち去る。それでいい。

だがビフは逃がしてくれなかった。

「そうやっていれば、やるべきことから逃げ切れるんですか？」

彼が正面に回り込み、立ちふさがったわけではない。ただその影の端が行く手に差した。その程度のことだ。

踏み越えられないことはない。だがプルートーは進めかけた足を止めた。痛みもあった。

「……わたしを怒らせようとしているのか？」

約束を違え、質問をしてしまった。今はどうでもいいことだが。

ビフは堂々と言ってきた。

「まだ怒れるのなら」

「では、話は終わりだな」

立ち去ろうとする。が、今度ははっきり、ビフは回り込んできた。

「終わってません」

「君も、よく分からない奴だな」

鼻息を吹いて、プルートーは向き直った。

「つい先刻まで、わたしのことなど洟《はな》も引っかけなかったろう。なにを急に気が変わった」

「ぼくを怒らせたでしょう」

「ああ。注意を引きつけるためにな。カチンときたか？　そんなものは怒りとは呼べんよ」

とは言ったが、嘘だった。

気にはなっていた。ビフが先ほど見せた怒りは、口先に引っかけられて出てきたものでもないようには思えた。

見えなかった尻尾でも踏んだか。だとすれば、それはどの尻から生えたものだったのか。

「……そうだな。忙しい身でもない。君が話したいというなら、断る言い訳も思いつかんな」

「ありがとうございます」

「ただ、立ち話はしんどい」

足を叩いて、告げる。

「向こうのほうで、どうかね」

そして示したのは、グラウンドの隅にあるベンチだった。

今度は校庭の片隅に腰を落ち着けて、プルートーは風を待った。

別のことでもよかったが、話し出すきっかけが欲しかった。そして実際に風が吹き抜けていって、なにを話すか心づもりができていないのに気がついた。

「……抜けているな」

自嘲してつぶやく。

隣に座っているビフに目をやって、言い足した。

「いや、自分のことだ。気が緩んでいる。目の前のことに集中できなくなったと、しょっちゅう感じるよ」

「あなたは今でも、ハイクラスの術者でしょう」

「かもしれん。だがそれを衰えたと見ないのは、わたしの若い頃を知らないからだな」

ビフは面食らったように言葉を呑んだ。自慢話に化けるとは思っていなかったのだろう。

風を吸い、そして吐いて、プルートーは続けた。

「若く、才能のある者を見るのが好きでね。かつての〝スクール〟では多くの生徒を指導した」

「……ことは随分、やり方が違ったと聞きますけど」

「教室のような小単位を作らず、もっと大人数で競わせたんだ。教師というより指導員として、なるべく大勢が自分に合うやり方を見つけられるようにしていた」

懐かしむ。王都にはろくな思い出がないが、スクールだけはすべてが楽しかった。

「もっとも、この制度がさほど画期的だったわけでもないんだが。画期的であるかのような空気作りがあった。大人数の中から極めて少数の才能ある者だけを選別する、酷薄なやり方でもある。これが成果を出したのを見て、《塔》も真似てエリートだけを集めた教室を作るようになったな。失敗して立ち消えになったが」

「そういうほうがよかったと思います」

すんなりつぶやくビフに、プルートーは笑った。

「よほど、ベイジットにしてやられたんだな」

大真面目に彼は拳を握る。

「ここしばらくはともかく、教室に上がり立ての頃なんて悪夢のようでしたよ。彼女は不真面目で、なにもできないのに……人当たりだけはよくて。なにかあるとぼくが悪者にされるから、我慢するしか」

「君はいいカモだったんだろうなあ」

「一番たちが悪いのは、本気でこっちが怒ろうとすると、彼女、落ち込んだふりをしてあの変なしゃべり方で弁解を始めて。それが本当に反省してるように見えてしまうんです。でも翌日にはすっかり忘れてる」

「……彼女は君より年上だったな？」

「ええ」

「じゃあ、まあ、そんなものだ。敵《かな》うわけはない」

ビフの顔が険しくなるのを見てから、プルートーは言い直した。

「だが大事なことを教えてくれたのさ。歯が立たないものというのはある。君が優れた能力の持ち主で、彼女がそうでなくても」

「ベイジットは原大陸で——」

つい口走りかけて、彼はとどまった。プルートーは待ち時間をカウントした。六秒。ビフは唇を舐《な》めてから、しぶしぶ繰り返した。

「ベイジットはちょっとでも、ぼくのことを思い出したでしょうか」

「ないな。ない。君がわずかにでも望むことはひとつも叶わない」

からかいの気配を察したのだろう。彼はむきになって訂正した。

「違いますよ。やっぱり誤解されるだろうから言いたくなかったんだ。そういうんじゃなくて、ベイジットはなんていうか……《牙の塔》の、ぼく的なものを一番嫌って、向こうに行ったはずなんです」

「それはその通りだな。君を憎んだままなら、もしかしたら帰ってきてたろう」

「………」

「忠告しておくが、確かめてこようなんぞと考えるなよ。ろくなことはない。そんなことでわたしよりドツボにはまった奴だっている。そいつも……君と同じく、若くして才能に秀でた子供だった」

　今度は、釈然としないビフの顔を確かめてからプルートーは言った。

「怒り方が分からなくて、いらついているんだろう。だから的外れなことに執着する」

「馬鹿にしないでください……！」

「いいや。馬鹿にするよ。的外れなのは君が若いからじゃない。馬鹿だからだ。若さならほうっておくが、愚かさは治らない」

　手厳しく言い募る。

「あげくにわたしに噛みついてきたか。気落ちした時に目についたというだけで。ただのちんぴらだな。はっきり言うが、わたしから詫びなど受けられたとしても君の株は上がらんよ。語れる過ちのひとつもしてから出直してこい」

「ひとつなら、あります」

「？」

　その反駁は、意表を突かれた。

　別に黙って引き下がると思っていたわけでもないが。

　ビフは決然と言い放った。

「本当に、飛び降りようとしていたんじゃないんです。でも……別れの挨拶をしていました」

「誰にだ」

「ここに、です」

彼は周りを指示した。

「出ていこうと思っていました。それを知られるのもまずいから、自殺なんて話に乗りました」

「……忠告をしただろう」

「だから違います。ベイジットを追おうなんて考えてない。ただ、ぼくだって、一度もここを出ないで生きていくなんて無理だと……思ったんです」

本気のようだった。

いくら視線を注いでも、秒数を数えても、変わらない。ビフはただプルートーの言葉を待っている。

彼が求めているのと違うのは分かっていたが、ひとまずこう訊いた。

「マリアの《十三使徒》は？」

「選に漏れました。その理由を、先日知ったんです」

「なるほど。ティフィスが手を回したか」

彼もまた、間違ったことをしたわけでもない。魔王術の訓練まで受けたビフを外に出すことなどそもそも執行部が許さないはずだ。

ビフは真剣に言葉を続けた。

「初めて、少しだけですけど……ベイジットの言っていたことに共感したんです」

「彼女はなんと？」

「辞めようとした時にだけ分かる、ぼくが一人前かどうかは……って」

「……参ったな」

頭を掻いて、プルートーはうめいた。

考えをまとめようとする。まとめるほどの考えはない、というのがすぐ分かる。そして出せる結論は、要するにろくでもない。

真摯《しんし》な眼差しの少年を横目に言葉を選ぶ、こんなことも情けないのだが。プルートーは言った。

「見えない尻尾を踏んだと思ったんだよ。だとすれば、問題はそれが何処の尻から生えたものだったかだ。自分の尻だったかもしれんと、ぞっとした」

と、いったん整理するために頭を上げる。

虚虚実実、今日は普段やらないくらい多くを話したが、なにを話したかは枝葉の先まで覚えていた。

「君に話した〝こじつけ〟はな、いつかティフィス教師に詰め寄られる時のために用意していたものだ。だが彼は一度もわたしを責めてはこなかった。恐らくだが、そういうのを怒りというのだろう。もし火の粉にでも触れれば途端に手がつけられなくなるほど燃え上がるから……押し殺しておくのさ。最期と決めたその時まで」

ぐっと胸に手を当て、重みを確かめる。

「わたしもそうしていた。だがその時に死に損なった。そういうことだ。こうなりたくないなら、怒ることなど生涯ないほうがいい」

「ぼくは怒っています」

「そのために死ねるほどにか？」

「さっき、ぼくを見た時、自分を殺すほどに見えたんでしょう？」

まだ反論を探して、ふと。

気づいたことを、プルートーは質問した。

「一応訊いておくが、ティフィス教師をどうした？」

「……本当は、目くらましして逃げてきました」

「呆れたもんだな」

すぐにもベンチを立とうとして、膝の痛みに身を竦める。

「膝、大丈夫ですか？」

「痛たた……医者は、太ったのが悪いと言うんだがね。嘘っぱちだ。体重は変わっていない――」

「ぼくを生徒にしてください、プルートー師」

手を貸しながら唐突に、ビフが口走った。

「…………」

しばし、思案する。プルートーは訊ねた。

「今のは果たして、適切なタイミングなのか？」

「真面目に答えてくださいよ。必死なんです」

「真面目に、か」

考えるまでもない。《塔》執行部は、大罪を犯したプルートーが生徒を取ることなど認めるわけはない。それこそマリアの元に送り出すよりもあり得ない。

ということは――

（この子供を連れて《塔》を出奔する？　膝を引きずって、追っ手を避けながら逃げ回り、鍛えてやりながら？　目的地もなく？）

実に馬鹿げた過ちだ。楽隠居は、落ち着いた未亡人は何処へ行った？

と、その時だ。

いかにもこんなタイミングであろうという、そんな時に、足音が聞こえた。

振り返ると、ティフィス教師がそこに現れていた。先ほどよりもはっきりした怒りの態度で。

「やはり、こんなことだったか」

「……やはり?」

「あなたが吹き込んだんだな。ビフに。つまらないことを」

それは誤解だが。

反論するすんでのところで、プルートーは舵《かじ》を切り替えた。

「だとしたら?」

「拘束して、あなたを告発する」

すっと、ティフィスが構えを取る。オーソドックスな半身の位置だ。

対するプルートーは、膝の痛みで腰が半分持ち上がらない。足を震わせながら、どうにか立ち上がった。腕を押しやり、ビフを下がらせる。

ほとほと呆れた。これは明らかな過ちだ。

プルートーにそそのかされたという形でなら、ビフは一度《塔》を逃げ出しても、またもどることが可能かもしれない。

ただ、その場合もうひとつ問題は。

(まったく。勝てるわけがないだろう)

ティフィス教師は《塔》でも名だたる使い手のひとりだ。レティシャ・マクレディに師事した一番弟子。もともと彼女は教え子が少ないことで知られているが、そのレティシャの技術を彼女以上に継いだと自負している。

……残念にも、たかだかその程度だ。

突進してきたティフィスのフェイントを無視して、プルートーは右拳の一撃で彼を打ち倒した。

昏倒した教師を見下ろし、深々と嘆息する。

「これを恐れていた。若造が易々と超えられるようなもんじゃない。修羅場をくぐったというのは。まったく。イザベラも死んで、マリアもトンズラ、お前にもできんのなら、あとは誰がやってくれるんだ。胸くそ悪い」

失望を込めて見回し——まさに呆気に取られた顔の、ビフを見つける。

彼に手を振った。

「よし。行くか」

「え？」

「間抜けな声を出すんじゃない。お前の言い出したことだ。言っておくが、逃げ回ったところでせいぜい半年だ。それまでにわたしの知っているすべてを叩き込んでやる」

「……はい！」

すぐにも出発しなければならない。別れもない。

だがプルートーは、内心認めていた。

（出るとなると、多少は寂しく感じる。そのくらいには、ここにいたな……）
彼は《塔》を見上げて笑いかけた。

単行本あとがき

どうも！　あとがきです。

番外編ということで、まあそんな番の外な感じです。番ってなんでしょうね。三浦ですかね。

シリーズでそんなに触ってなかったなー的な人にスポット当ててみようということで、こんな感じになってます。

あと一冊書くことになってるんですが、あとは誰にしたもんかなー、と悩み中です。なにぶん、触ってない奴らだけに素で忘れてる率も高いです。

まあ思いつき次第ということで。それはそうと今ホットなトピックはですね。柿ですね。甘いから。種なしが楽でいいです。

……ていうくらいに、ここしばらく部屋に閉じこもっててなんにもしてませんでした。コンビニいってくじ引いてたりしたくらいです。あの、引換券をレジに持ってく系のあれです。一度に三枚くらいずつ、C賞欲しくて買い続けていても全然出なくてですね。しまいにはA賞引いて、欲しかったやつ以外ほとんど揃ってしまいました。

あれですね。心を折るのは、下の賞しか出ない時じゃなくて、A賞引いた時でしたね。

あ、くじ運ないから出ないとかじゃねえんだ、とにかくもう出ないんだ感が突き抜けました。店員さんに「おめでとうございます！」って明るく言われながら、どんな顔していいのか分かりませんでした。

そんな日々でした。まあ柿ほど重要でもなかった気はします。

というわけでまたいずれ、別の巻末でお会いできたら幸いです。

ではー。

二〇一四年十月――

秋田禎信

文庫あとがき

どうも、というわけで後日譚として書かれた魔王編のあとがきです。言うなれば後のあとです。

さらには以前書いたあとがきもあるので、後のあとの後にあるあとです。

毎月書くことになってしまっていたこのあとがきもついに九個目。巻末に、以前書いたあとがきとかぶって載るというスタイルには永遠に慣れそうにありません。

前回のなんて見返してみたら、内容まで結構かぶっちゃってた気がします。ちゃんと確認してから書けよ俺……

なので今回は確認してみましたらですね。柿とコンビニのくじのことしか書いてありませんでしたね。どうなんだ。二〇一四年のわたしのホットな話題、それだったのか。で、それから四年もの年月を経て現在のホットなやつはなにかというとですね、庭仕事です。

いやまあホットっていうか、油断するとすぐ廃墟みたいになっちゃうから少しはどうにかしないとならないわけなんですけど。

なんでまたこうも棘はえてんですかね、植物ども。そんだけ世の中憎んでるなら生えてこなきゃいいのに。というような愚痴でも言いながらやるわけですよ。

向こうにしてみりゃ、そこにいるだけでなんで切られるんじゃってところでしょうけど。なんにしろ奴らの生命力すげえです。創造は困難で破壊は一瞬なんて言いますが、そうでもねえよなと痛感します。破壊って体力使うんですよ。でも生えるのって四六時中休みなしです。人類の業なんて大したことねえな。

と、そんなところで。魔王編と来て次回は手下編です。それではー。

二〇一八年三月——　秋田禎信

キエサルヒマの終端
Season 2 : The Sequel
約束の地で
Season 4 : The Pre Episode
原大陸開戦
Season 4 : The Episode 1
解放者の戦場
Season 4 : The Episode 2
魔術学校攻防
Season 4 : The Episode 3
鋏の託宣
Season 4 : The Episode 4
女神未来（上）
Season 4 : The Episode 5
女神未来（下）
Season 4 : The Episode 6
魔王編
Season 4 : The Extra Episode 1
手下編
Season 4 : The Extra Episode 2
2019年 シリーズ生誕25周年へ
結！
TVアニメ
企画始動!!
©秋田禎信・草河遊也・TOブックス／魔術士オーフェンはぐれ旅 製作委員会

第四部文庫化
完
新企画続々！
詳しくは
公式HP
ssorphen.com
公式Twitter
#オーフェン
#オーフェン25周年へ
SORCEROUS STABBER
魔術士オーフェンはぐれ旅
ORPHEN
Season 4 : The Extra Episode 2
手下編
2018年6月1日発売！

その《牙の塔》で
教師を務めている
大陸最強の魔術士
チャイルドマン・
パウダーフィールド
キエサルヒマ大陸
神々に呪われた
天人種族と
人間種族の混血により
『魔術士』と呼ばれる
人間が生まれた地
大陸北西部 タフレム市
その郊外にある《牙の塔》は
大陸最高峰の
黒魔術士養成所
である
生徒の中でも
特に優れた7人が
彼の教室に
集められた
雀葵蘭《きろうらん》
田禎信
ター原案：草河遊也《くさかゆうや》
コミカライズ
ニコニコ静画にて
好評連載中!
「魔術士オーフェン
はぐれ旅 プレ編」
人気
エピソード
ランキング
1位
※2017年9月25日～10月25日
公式HPにて投票開催
第1&2話「清く正しく美しく(前・後編)」が
無料で読める!
詳しくは 公式HP ssorphen.com 公式Twitter #オーフェン #オーフェン25周年へ